Thomas Hoffmann

Blaue Augen und die Sehnsucht nach Schnee

Vom Abenteuer mit Hunden zu laufen

Autor

Thomas Hoffmann, Jahrgang 1965, lebt und arbeitet seit 1988 mit Schlittenhunden und ist erfolgreicher Teilnehmer an mehr als 100 Rennen in ganz Europa. Er ist selbständiger Physiotherapeut und Inhaber eines Fitness- und Wellnessclubs. Durch das Fachwissen als Sport-Physiotherapeut und Fitnessexperte, sowie eigene Erfahrungen in Grenzbereichen, ist er Ratgeber für Extremsportler und Abenteurer. Außerdem berät und trainiert er Führungskräfte in Motivations-Seminaren und im Einzeltraining. „Blaue Augen und die Sehnsucht nach Schnee" ist sein erstes Buch.

Buch

Eine schwere Krankheit mit ungewissem Ausgang lenkt das Leben des Autors in neue Bahnen. Entgegen aller ärztlichen Prognosen beschließt er, zu leben – und diese Zeit zu nutzen, um sich einen großen Traum zu erfüllen: Die Teilnahme am Finnmarkslopet, einem der längsten und härtesten Schlittenhunderennen der Welt. Dieser Bericht dokumentiert 1000 km durch Eis und Einsamkeit, im ständigen Kampf mit den Naturgewalten. Den Weg zu neuen Horizonten, bei dem die eigenen physischen und psychischen Grenzen neu definiert werden.

Besuchen Sie Thomas Hoffmann und den hoffmann-kennel im Internet: www.hoffmann-kennel.de

Thomas Hoffmann

Blaue Augen und die Sehnsucht nach Schnee

Vom Abenteuer mit Hunden zu laufen

Blaue Augen und die Sehnsucht nach Schnee
Vom Abenteuer mit Hunden zu laufen
Thomas Hoffmann
ISBN 3-8311-3994-6

Umschlaggestaltung: Jacek Kurzetkowski, München
Umschlagmotiv: Thomas Hoffmann – Leithündin "Shari"

Herstellung: Books on Demand GmbH, Norderstedt

Widmung

Ich widme dieses Buch denjenigen, die mich so viel lehrten, indem sie - bewusst oder unbewusst - ihr Wissen und ihre Erfahrung mit mir teilten. Allen, die mich unterstützt und gefördert haben oder einfach nur an mich glaubten. Ich widme diese Zeilen auch all meinen Hunden, die mich bisher in meinem Leben begleitet haben, die mir uneingeschränkt und freigiebig ihre Zeit und ihre Freundschaft geschenkt haben, und die mich immer wieder neu inspirieren.

Inhalt

Vorwort

Eineinhalb Jahre des Schreibens liegen hinter mir. Sie können sich nicht vorstellen, welche Anstrengungen jemand, der eigentlich gar nicht schreiben kann, durchmacht, wenn er über seine große Leidenschaft, das Laufen mit Schlittenhunden schreiben will. Während dieser Zeit habe ich unzählige Flaschen Rotwein genossen und so manche schlaflose Nacht über meinen Skripten verbracht. Ich möchte diese Zeit aber nicht missen, denn sie war sehr lehrreich für mich.

Seit fünfzehn Jahren lebe ich mit Schlittenhunden. Es gibt nichts Schöneres für mich, als mit meinen Hunden zu laufen. Sie sind zu meinen Freunden geworden, sie sind meine Familie.

Seit ein paar Jahren werden die Distanzen, die ich mit meinen Freunden laufe, immer größer. Mittlerweile haben wir zusammen schon mehrmals an einem der längsten und härtesten Rennen der Welt teilgenommen, dem Finnmarkslopet.

Ebenso genieße ich jeden Augenblick, den ich zusammen mit meinen Hunden in der Natur verbringe. Auf langen Touren durch neue Regionen und Landschaften finde ich die Ruhe und Kraft um die Routine des Alltags zu bewältigen.

Während eines dieser Abenteuer wurde auch die Idee zu diesem Buch geboren. Ich möchte damit Antwort geben auf die vielen Fragen, die mir von interessierten Menschen immer wieder gestellt werden. Die Schilderungen in diesem Buch basieren auf meiner subjektiven

Empfindung und meiner Art und Weise, die Dinge zu sehen.
Vielleicht trägt dieses Buch auch dazu bei, dass Sie Ihren ganz persönlichen Traum mit anderen Augen sehen.
Schön wäre es, wenn ich Sie dazu motivieren kann, Ihre eigenen Träume zu realisieren, sie zu leben. Sie gewinnen an Erfahrung und eine andere Sicht der Dinge. Ich wünsche es Ihnen von ganzem Herzen.

Viel Spaß beim Eintauchen in mein ganz persönliches Abenteuer, wünscht Ihnen,

Ihr

Thomas Hoffmann

Training

In Deutschland ein Schlittenhundeteam zu trainieren, ist ein wahrer Härtetest für Musher, Hunde und Material. Die Herbst- und Wintermonate sind meist dominiert von Dauerregen, Nebel und nasskalten Temperaturen. Während die Schlittenhundeführer im hohen Norden bereits ab Oktober mit dem Schlitten auf phantastischen Schneepisten trainieren können, kämpfen sich meine Hunde und ich auf meinen bayerischen Trainingsstrecken durch knöcheltiefen Schlamm und Morast.
Nur dann und wann, wenn sich die Natur erinnert, dass Winter ist, haben wir die Gelegenheit, unsere Trainingsläufe auf einer geschlossenen Schneedecke zu absolvieren. Die meiste Zeit jedoch verwandeln die Temperaturen über dem Gefrierpunkt den frisch gefallenen Schnee in eine nasse, matschige Brühe.

Die Hunde zum Training vor einen Schlitten zu spannen, daran ist unter diesen Konditionen nicht zu denken. Mangels Schnee weiche ich also meistens auf den Quadrunner aus, ein vierrädriges Motorrad mit breiten Ballonreifen. Durch sein stattliches Eigengewicht und dank einer gut funktionierenden Hand- und Fußbremse erlaubt mir dieses Trainingsgerät bis zu achtzehn Hunde vorzuspannen. Die starken Scheinwerfer ermöglichen mir auch nächtliche Fahrten und auf der langen Sitzbank hätte ich Platz für eine weitere Person.

Es kommt jedoch sehr selten vor, dass mich ein Passagier auf den langen Trainingsfahrten begleitet. Schließlich findet man nicht oft einen Wahnsinnigen der sich freiwillig um fünf Uhr morgens oder spät in der Nacht für mehrere Stunden den Hintern abfriert. Neben meiner selbstständigen Arbeit als Physiotherapeut bleibt mir nur die Zeit vor und nach der Arbeit, um meine Schlittenhunde zu trainieren. Das heißt, dass ich mit meinen Hunden während der Woche ausschließlich im Dunkeln unterwegs bin. Lediglich an den Wochenenden habe ich Gelegenheit, auch Mal ausgeschlafen und bei Tageslicht die notwendigen Trainingseinheiten zu absolvieren.

Bereits Ende August, wenn die Temperaturen früh am Morgen unter fünfzehn Grad sinken, ist es für die Hunde kühl genug, um die ersten Trainingseinheiten von sieben bis acht Kilometer zu wagen. Im September steigere ich die Streckenlänge auf zwölf Kilometer, die meine Hunde dreimal wöchentlich laufen. Es folgen Trainingsfahrten von bis zu sechzehn Kilometer im Oktober, und fünfundzwanzig Kilometer im November, bei einer Trainingshäufigkeit von fünf Tagen in der Woche. Im Dezember und Januar werde ich mit meinen Hunden fast täglich bis zu dreißig Kilometer auf schlammigen Wegen unterwegs sein. Bis dahin haben meine Huskies mehr als 1700 Trainingskilometer auf ihre Pfoten gelaufen.

*

Nach einem zehn- bis zwölfstündigen Arbeitstag muss ich viel Disziplin aufbringen, um meinen strengen Trainingsplan zu erfüllen. Einige Male bin ich auf unseren langen Trainingsfahrten aus Erschöpfung eingeschlafen. Eine brenzlige Situation, wenn sechzehn oder achtzehn laufhungrige Huskies vor dem Trainingswagen ihre

Kräfte entfalten. Mein Schutzengel hatte alle Hände voll zu tun und zum Glück kam es nie zu einem größeren Unfall. Immer, wenn das Trainingsfahrzeug führerlos vom Weg abgekommen ist, wurde ich durch das Geholper im Straßengraben oder durch das Knacken der Äste im Unterholz aufgeschreckt. Instinktiv habe ich den Lenker jedes Mal in die richtige Richtung gerissen, um ein Umstürzen zu vermeiden. So ging es bisher immer glimpflich für mich aus. Erst vor wenigen Monaten, wurde ein Musherkollege beim Trainieren seiner Hunde lebensgefährlich verletzt. Das sollte mir eigentlich eine Warnung sein. Doch gegen das Zufallen der Augenlider und den berüchtigten Sekundenschlaf war ich machtlos. Und Training musste nun Mal sein, um mein Hundeteam auf Kondition zu bringen.

Um mich munter zu halten, habe ich Verschiedenes versucht. Ich dachte, ein Training mit Walkman und Kopfhörer würde mich vielleicht frisch halten. "Sting" und "Robbie Williams" waren eine willkommene Abwechslung zum monotonen und einschläfernden Abrollgeräusch der Reifen. Doch selbst bei den harten Klängen von "Skunk Anansie" konnte ich einschlummern wie ein Baby. Ein Freund, und ebenfalls Schlittenhundeführer, hatte mir erzählt, er würde selbst singen, um sich wach zu halten. Seine Hunde würden das gern haben, sogar als Anfeuerung empfinden, und er selbst bliebe putzmunter dabei. Natürlich habe ich das auch ausprobiert. Einnicken konnte ich zwar nicht mehr mit dieser Methode, doch meine Hunde hätten binnen kürzester Zeit jede Arbeit unter meiner jämmerlichen musikalischen Untermalung verweigert. Meine Huskies empfanden die von hinten kommenden, krächzenden Laute wohl eher als Schelte und nicht als Lob. Ehrlich gestanden, war ich selbst von meinen Gesangskünsten entsetzt. Schließlich fand ich doch noch eine geeignete Methode, um mich vor dem Einschlafen zu bewahren. Inspiriert durch einen Kinofilm, stelle ich mir kleine, lustige Wesen vor, die auf den Hunden reiten. Sie klammern sich an Haarbüscheln am Hals fest, sitzen zwischen den Ohren der Hunde oder surfen auf den Hunderücken. Manchmal einer pro Hund, manchmal mehrere. Ganze Familien lustiger Zwergengeschöpfe die kreischend vor Freude auf meinen vierbeinigen Freunden durch den Wald und über Wiesen reiten. Auch wenn ich dann und wann an meinem Verstand zweifle, die Methode ist wirkungsvoll.

*

Seit mehr als zehn Jahren benutze ich mit meinem Hundeteam die selben Trainingsstrecken, die ich immer wieder zu neuen Variationen kombiniere, um Abwechslung zu schaffen. Früh am Morgen oder spät am Abend gehört uns der Wald alleine. Nur die Waldbewohner sind unsere ständigen Begleiter und haben sich schon lange an uns gewöhnt. Rehe und Hasen haben gelernt, dass sie nichts von uns zu befürchten haben. Wenn sie uns erspähen, geben sie uns den Weg frei und trotten nur wenige Meter vom Straßenrand weg in den Wald. Mir sind die Wildtiere, denen ich auf meinen Trainingswegen regelmäßig begegne, schon so vertraut, dass ich begonnen habe, ihnen Namen zu geben. Zwar haben Schlittenhunde einen ausgeprägten Jagdtrieb, der auch die treibende Kraft ist, diese herausragende Laufleistung eines Teams zu erhalten. Doch dazu ist es nicht notwendig, auch tatsächlich auf Beutefang zu gehen. Meine Hunde betrachten jede Ausfahrt mit dem Trainingswagen als Jagdausflug und fiebern ihm freudig entgegen. Ich bin dabei ihr Rudelführer und bestimme die Rangordnung unserer Jagdformation, indem ich festlege, welche Hunde an der

Spitze oder im Team des Gespanns laufen. Bereitwillig lassen sie sich von mir anführen und auf verschlungenen Waldwegen durch den Forst dirigieren. Sie vertrauen mir, denn sie wissen genau, dass jede unserer Hetzjagden erfolgreich endet. Die Beute erwartet sie am Ziel, in ihrem Gehege, in Form eines leckeren Belohnungshappens.
Da meine Hunde auf diese Weise ihren Jagdtrieb ausleben, und ihr Bewegungsdrang befriedigt wird, ist es mir sogar möglich mit meinem Hunderudel frei durch den Wald zu laufen, ohne dass sie dem Wild nachstellen. Die Disziplin meiner Alaskan Huskies ist dem Jäger dieser Jagdpacht bekannt. Unser Verhältnis ist gut. Das ist leider nicht immer selbstverständlich zwischen Mushern und Jägern. In all den Jahren konnte der Waidmann, der auch als Jagdmaler bekannt ist, durch unsere Anwesenheit keinen Nachteil für das Wild feststellen. Wir standen sogar schon gemeinsam für einen kurzen TV-Spot vor der Kamera. Rücksichtnahme und gegenseitiges Verständnis für die Belange des anderen ist für uns die Basis für dieses funktionierende Nebeneinander.

*

Zu unseren Trainingszeiten begegnen wir nur selten Spaziergängern mit Hund. Über diese Tatsache bin ich auch nicht sonderlich traurig. Viele Hundebesitzer sind durch die Situation überfordert, wenn ein Schlittenhundeteam auf sie zusteuert und haben ihren Hund nicht mehr im Griff. Während ein Schlittenhundeführer sein Hundeteam in jeder Situation beherrschen muss, haben Frauchen und Herrchen oft alle Hände voll zu tun um ihren vierbeinigen Freund im Zaum zu halten. Für so manchen Hund muss es wohl ein traumatisches Erlebnis sein, wenn ihm ein sechzehnköpfiges Schlittenhundegespann entgegen hetzt. Aus der Perspektive eines

Dackels betrachtet, wohl auch ein beeindruckendes Bild. In der Regel überlegt der Hund nicht lange und will panisch flüchten. Sie kläffen hysterisch und zerren wie wild an der Leine. Nur wenige versuchen todesmutig, sich uns in den Weg zu stellen. In beiden Fällen ist es für den Hundebesitzer keine leichte Aufgabe, den Hund an der Leine zu halten. Vor allem dann, wenn der Vierbeiner am anderen Ende der Leine mehr Körpergewicht auf die Waage bringt, als sein Begleiter. Dabei haben diese Hunde nichts von uns zu befürchten. Meine Schlittenhunde schenken solchen Begegnungen kaum Aufmerksamkeit, zu sehr sind sie ihrem Trainingseifer verfallen. Da ich aber aus Erfahrung mit den unterschiedlichsten Reaktionen der fremden Hunde rechne, muss ich bei diesen Begegnungen aufpassen wie ein Luchs.

In den vergangenen Jahren kam es auf unseren Trainingsfahrten zu einigen spaßigen Begegnungen. Erwähnenswert ist eine amüsante Episode mit einer älteren Dame und ihrer Dackelbegleitung. Wir begegneten den beiden auf einem geraden, übersichtlichen Wegabschnitt. Ich hatte sechzehn Hunde vor den Quadrunner gespannt und sah die Spaziergängerin schon einen Kilometer vor uns auf uns zu marschieren. In schnellem Galopp näherten wir uns. Dame und Dackel schlenderten mitten auf dem Weg und machten keine Anstalten, die Straße mit uns zu teilen. »Vielleicht hat sie uns noch nicht bemerkt«, dachte ich, winkte mit den Armen und rief ihr freundlich zu:
»Haaalloo, Haalloo!«
Als sie uns bemerkte, winkte sie ebenso freundlich zurück und erwiderte meinen Gruß mit einem:
»Halli, Hallo!« Sie blieb aber ihrer Spur mitten auf dem Forstweg treu. Um die beiden nicht zu überrollen, musste ich das Gespann aus vollem Lauf stoppen. Die Bremsen knarrten und quietschten, als ich mit aller Kraft in die

Fußbremse stieg und die Handbremse, so kräftig ich konnte, anzog. Das Trainingsfahrzeug zog eine mehrere Meter lange Bremsspur in den Schotter der Forststraße und nur wenige Meter vor der alten Dame kam das Gespann mit lautem Geholper zum Stehen. Eine durch die Vollbremsung aufgewirbelte Staubwolke zog über Frau und Hund hinweg. Die Staubattacke schien ihr nichts auszumachen, denn sie lächelte mich immer noch freundlich an und begrüßte mich ein weiteres Mal mit einem »Hallöchen«.

In ihrem Begleiter, dem behäbigen Dackel, erwachte der Beschützerinstinkt. Der übergewichtige, senile und offensichtlich kurzsichtige Dackel begann uns laut anzukläffen und die Zähne kampfeslustig und blutrünstig zu fletschen. Offenbar war er sich der Übermacht, der er gegenüberstand, nicht bewusst. Angestachelt durch den kleinen Wegelagerer begannen nun auch meine Hunde wie wild zu plärren und an den Zugleinen zu reißen. Ich wusste, dass ich das Gespann nur noch wenige Sekunden halten könnte. Dann würden meine wütenden Freunde trotz den Bremsen und meiner Befehle, die beiden geradewegs überrennen. Bestimmt rief ich der Dame zu: »Gnädige Frau, würden sie bitte so freundlich sein und einen Schritt zur Seite gehen!«

Ihre Antwort traf mich wie eine Keule.

»Sie brauchen keine Angst zu haben, mein Herr, mein Waldi tut ihnen nichts.«

Dachte die betagte Omi doch tatsächlich, meine Meute würde sich vor ihrem "Waldi" fürchten.

Wir haben die beiden übrigens nicht überfahren. Im letzten Augenblick wackelte der Dackel "Waldi" an den Straßenrand und zog sein Frauchen hinterher.

Eine weitere kuriose Begegnung trug sich im Winter zu. Kurz nach Sonnenuntergang machten wir uns auf, um eine Strecke von zwanzig Kilometern zu laufen. Der aufgehende Vollmond versprach eine eisige Dezembernacht, ideal für eine Trainingsfahrt. Schon kurz nachdem die Sonne verschwunden war, zeigte das Thermometer kalte zehn Grad minus. In gleichmäßigem Rhythmus liefen die Hunde Kilometer um Kilometer. Plötzlich hoben sie die Köpfe, spitzten die Ohren und mit einem Ruck in die Zugleine erhöhten die Hunde das Tempo. Irgend etwas ließ das Rudel unruhig werden. Konzentriert leuchtete ich mit der Kopflampe den Weg vor uns aus. In rasantem Tempo nahmen wir eine enge Linkskurve und was ich dann im Lichtkegel meiner Stirnlampe zu sehen bekam, war kaum zu glauben. Während ich mir in dieser bitterkalten Winternacht den Hintern abfror, vergnügte sich ein junges Liebespaar, beide splitterfasernackt, beim Liebesspiel. Die beiden räkelten sich über das kalte, blanke Metall der Kühlerhaube ihres geparkten Fahrzeugs, und aus dem Autoradio trällerte George Michael sein "I want your sex". So verblüfft ich auch war von dieser Begegnung, für den Gesichtsausdruck der beiden, als diese wilde, hechelnde Hundemeute um die Ecke geschossen kam, habe ich bis heute keine passende Beschreibung parat.

Beunruhigt hat mich eine junge Frau, der wir mehrere Male während unserer Ausfahrten begegnet sind. Die erste Begegnung war an einem kühlen, sonnigen Herbstmorgen. Ich hatte mein Team zu einer kurzen Verschnaufpause angehalten, als ich eine Frau aus Leibeskräften schreien hörte. Die hysterischen Rufe kamen aus dem Wald, und ich vermutete das Schlimmste. Ich sicherte das Hundeteam an einem Baum und rannte so schnell ich konnte in die Richtung, aus der die schrecklichen Schreie gekommen waren. Sie führten mich geradewegs durch dichtes Unterholz auf eine kleine Lichtung

und ich sah eine Frau mittleren Alters auf einem Baumstumpf stehen, die Arme in den Himmel gestreckt und aus voller Brust plärren: »Ahhhhhhhhhhh. Ahhhhhhhh!«
»Hallo, kann ich ihnen helfen?«, fragte ich die in wallende Gewänder gehüllte Frau.
Mit hochrotem Kopf und völlig außer Atem sah sie mich an. »Es ist alles in Ordnung, vielen Dank. Ich mache hier meine Meditationsübungen, wissen sie. Der Baumstumpf auf dieser Lichtung ist ein Platz, an dem sich die Energie bündelt und den Urtrieb in mir erweckt. Und dieser Energie muss ich Luft verschaffen. Wollen Sie auch Mal probieren?«
Ich habe mich so schnell wie möglich vom Acker gemacht. Ich dachte mir, nicht auszudenken was dieses verrückte Weibsbild mit ihrem Urtrieb macht, wenn sie ihn erst vollständig aufgeweckt hat.
Ich habe die Frau noch einige Male aus dem Wald plärren hören. Der Spuk nahm erst ein Ende, als der Baumstumpf den Aufräumarbeiten der Forstarbeiter zum Opfer viel.

*

Im Norden

Hier im hohen Norden sind Begegnungen der "bayerischen" Art sehr unwahrscheinlich. Mit Ausnahme von einigen Elchen und Rentieren werden wir hier auf den Trails niemandem begegnen.

Anfang Februar habe ich fünfzehn Alaskan Huskies aus meinem Kennel und Ausrüstung und Futter für zwei Monate mit der Fähre von Rostock nach Trelleborg in den Norden transportiert.
Seit drei Wochen akklimatisieren sich meine Hunde und ich in meinem schwedischen Trainingsdomizil bei langsam gesteigerten Trainingsläufen auf Schnee- und Eispisten. Vor wenigen Tagen haben wir auch noch Teamverstärkung erhalten. Sonja wird mich auf dem bevorstehenden Rennen als Helfer, als sogenannter "Doghandler", begleiten. Sie ist eigens dafür mit dem Flugzeug aus Deutschland angereist. Zusammen werden wir die letzten Vorbereitungen treffen, um am Finnmarkslopet, einem der längsten und härtesten Hundeschlittenrennen der Welt, teilzunehmen. Seit Monaten fiebere ich diesem Augenblick entgegen und nur die Vorstellung, an diesem Abenteuer teilzunehmen, hat mir die Kraft verliehen, die widrigen Wetterverhältnisse der letzten Monate in Deutschland zu ertragen.

Nach langen und anstrengenden Trainingstagen gönne ich den Hunden und uns einen Tag Pause. Die letzten Trainingseinheiten gingen über eine Distanz von fünfundvierzig Kilometern. Eigentlich müssten wir bereits Trainingsläufe von sechzig und achtzig Kilometern absolvieren, um den strengen Trainingsplan einzuhalten, aber der Schneemangel der letzten Tage verhindert eine Verlängerung meiner Trainingsstrecke. Der ausbleibende Schneefall ist ungewöhnlich für diese Jahreszeit und diese Region. Bisher hatten die Huskies mit dem Trainingsparcours keine Probleme. Temperaturen um die -25 Grad und ein fester, gefrorener Trail boten die beste Voraussetzung um erfolgreiche Trainingsläufe zu absolvieren. Und doch waren meine Hunde lustlos bei der Sache und zeigten nicht die besten Leistungen. Verständlich, da wir nun diese Trails schon mehr als ein Dutzend Mal gelaufen sind, würde auch ich mir selbst etwas Abwechslung wünschen. Die Aussicht auf neue Trails und Neuschnee ist gut. Die Tage hier in Schweden sind gezählt. Schon bald werden wir eintausend Kilometer weiter, im nördlichsten Teil Norwegens unsere Zelte aufschlagen. Doch für heute ist erst einmal ein Ruhetag eingeplant.
An einem Pausentag können die Hunde wie auch der Musher Mal ein Stündchen länger unter der Decke bleiben und das Frühstück wird kurzerhand verschoben. Anstatt harter Arbeit vor dem Schlitten, sind Faulenzen und kleine Spaziergänge angesagt. Die Hunde laufen frei, spielen miteinander und toben sich aus. Dabei lockern sie ihre Muskeln und tanken neue Energie.

Um die Hundemeute bei Laune zu halten, starte ich gleich nach dem Frühstück mit einem langen Spaziergang im Wald und lasse die fünfzehn Hunde frei herumtollen. Die vielen Wildfährten von Luchs, Schneehase, Elch und

Rentier wecken den ausgeprägten Jagdtrieb der Huskies, und ich habe alle Hände voll zu tun, die Energie dieses Hundehaufens unter Kontrolle zu halten. Fünfzehn Huskies habe ich mit auf die Reise genommen. Alle außer einem werden später als Rennteam starten. Acht meiner vierbeinigen Freunde mussten leider Zuhause in Deutschland bleiben. Dabei handelt es sich um die "Rentner" in meinem Kennel, denen ich die Beschwerlichkeiten einer längeren Reise nicht mehr zumuten möchte. Es werden einige Wochen vergehen, bis ich sie wiedersehe, doch ich weiß diese Hunde von einer Freundin und meinen Kennel-Helfern gut versorgt.

Nachdem meine Hundefreunde ausgiebig ihren Laufdrang befriedigen konnten, überprüfe ich meine Trainingsausrüstung und erledige kleinere Reparaturen an den beiden Trainingsschlitten. Mit einer scharfen Stahlklinge ziehe ich große Späne vom Kunststoffbelag der Schlittenkufen ab. Auf diese Weise beseitige ich Rillen und Kerben, die sich tief in den Kufenbelag gerissen haben. Wurzelgehölz, Baumstümpfe und Steine haben in den vergangenen Tagen in den sonst glatten und gleitfähigen Kufen ihre Spuren hinterlassen. Eine Neckline, die Cornflake aus Übermut zerbissen hat, muss ausgetauscht werden. Eine Unart, für die ich den schwarzweißen Rüden manchmal erwürgen könnte, die ich ihm aber nicht mehr abgewöhnen kann. Ein Freund gab mir Mal den Tipp, die Neckline mit Chilisauce einzureiben, das würde immer funktionieren und Hunde vom Leinenbeißen abhalten. Nicht so bei Cornflake, Neckline mit Chilidip scheint seine Lieblingsspeise zu sein. Ich tausche in der Zugleine einen defekten Messingkarabiner aus und flicke anschließend noch ein zerrissenes Zuggeschirr.

Für den Nachmittag beschließen wir ins nächste Dorf zu fahren, um den Kühlschrank aufzufüllen. Außerdem müssen wir noch Reiseproviant einkaufen, in einer Bank die schwedischen Kronen in norwegische tauschen, den Lastwagen auftanken und alles für die Weiterfahrt nach Norwegen vorbereiten.
Das Schlittenhunderennen, für das wir schon seit Monaten so hart trainieren, startet in sechs Tagen in Alta. Die Vorbereitungen vor Ort werden noch einige Tage in Anspruch nehmen. Deshalb haben wir geplant, morgen früh noch vor Sonnenaufgang die Reise nach Norwegen anzutreten.

Der Ausflug aus unserer schwedischen Einöde zum Shopping ins nächste Dorf führt uns etwa dreißig Kilometer auf gefrorenen, eisbedeckten Straßen durch Wald und Sümpfe. Seit einer Woche ist der Lastwagen nicht von der Stelle bewegt worden, und die nächtlichen Temperaturen unter -30 Grad haben der Batterie sicher zugesetzt. Ich bin gespannt, ob der Motor anspringt, wenn ich den Zündschlüssel umdrehe.
Nach weniger als fünf Sekunden und einem kurzen Würgegeräusch macht der Motor keinen Mucks mehr. Das hätte ich mir denken können. Ich weiß sofort, was mich erwartet – eben ein typischer Pausentag im Leben eines Mushers.

Ich krame eine Dose Startspray unter dem Fahrersitz hervor und spritze eine satte Ladung direkt in den Ansaugstutzen des Luftfilters. Dann starte ich einen weiteren Versuch, den Diesel zum Brummen zu bringen. Keine Chance, das Glück ist heute nicht auf meiner Seite. Aber so schnell kapituliere ich nicht. Für solche Fälle leistet mir mein tragbares Stromaggregat wertvolle Dienste. Zum Glück hat Sonja einen Fön im Reisegepäck und mit Hilfe des Aggregats bringe ich diesen zum Surren. Mein Ziel ist es, damit den Dieselfilter anzuwärmen. Nach fünfzehn Minuten spannender Fönarbeit wage ich einen erneuten Startversuch. Startspray - Zündung - Sch....! Die Batterie ist fast am Ende.

Heute bleibt mir auch nichts erspart. Schimpfend und fluchend mache ich mich daran, die Batterie auszubauen. Eine Stunde im Warmen wird die nötige Power bringen, um zusammen mit dem Startspray und einem frisch gefönten Filter den störrischen Diesel zu starten.

Ich schleppe die Batterie mit in unsere Unterkunft und ein Backblech aus dem Ofen wird kurzum umfunktioniert. Die eiskalte Batterie kommt aufs Backblech und dazu heißes Wasser. Das warme Bad wird hoffentlich schon bald die gewünschte Wirkung zeigen, schließlich möchten wir noch vor Ladenschluss den nächsten Supermarkt erreichen.

Ich nutze die Auftauzeit der Autobatterie zu einem Nickerchen. Im zweiten Anlauf schaffen wir es doch noch, den Lastwagen in Bewegung zu bringen, um unsere Besorgungen vor Einbruch der Dunkelheit zu erledigen.

*

Die Anfahrt nach Alta

Es ist noch stockfinster, als wir am nächsten Morgen unser schwedisches Trainingscamp verlassen und uns auf den Weg nach Alta machen. Eine achtzehnstündige Reise steht uns bevor, bis wir die Stadt in der Finnmark erreichen.

Viele bezeichnen diese Region der Finnmark als "Lappland". Genau genommen ist diese Bezeichnung aber nicht richtig und beschreibt nur allgemein den nördlich des Polarkreis liegenden Teil Skandinaviens. Dieser Teil ist aufgeteilt unter Schweden, Finnland und Norwegen. Wenn man die Landkarte betrachtet, müsste man auch den russischen Teil dazurechnen. Während die Schweden ihre nördlichsten Provinzen Västerbotten und Norrbotten "Lappland" nennen, heißt der finnische Teil Lapplands "Lappi". Der nördlichste Teil Norwegens wird mit den Bezirken Nordland, Troms und Finnmarken, als "Finnmark" bezeichnet.

Früher lebten in den Gebieten nördlich des Polarkreises ausschließlich Samen. Im Laufe der Zeit wurden diese aber immer mehr von einwandernden Skandinaviern zurückgedrängt. Heute ist der Großteil der ehemaligen Nomaden sesshaft. Ihre frühere Lebensgrundlage, das Fischen und die Rentierzucht betreiben sie nur noch nebenberuflich.

Unsere Reiseroute führt uns von Östersund über Sorsele und Jokkmokk nach Karesuvanto, den Grenzübergang nach Finnland. Nach weiteren einhundert Kilometern auf Finnlands Straßen, werden wir die Grenze nach Norwegen passieren und Kurs auf Alta nehmen.

Alle vier Stunden lenke ich den Lastwagen auf einen ruhigen Parkplatz oder in eine Nebenstraße, und gönne uns allen eine kurze Pause. In altbewährter Routine heben wir die Hunde aus ihren warmen Strohboxen und führen sie um den LKW an ihren angestammten Platz. Dort hängen wir die geduldigen Reisegefährten am Halsband an kurze Kettchen. Abseits der Straße wäre es kein Problem, das Rudel frei laufen zu lassen. In unmittelbarer Nähe einer Autostraße möchte ich jedoch jedes Risiko vermeiden. Die Gefahr, dass einer meiner Hunde von einem Lastwagen überrollt wird, ist mir zu hoch. Auf den schneebedeckten Fahrbahnen im Norden haben die schweren Lastzüge keine Möglichkeit zur Vollbremsung. Auf dem rutschigen Untergrund würde das Fahrzeug unweigerlich ausbrechen und im Straßengraben landen. Monströse Rammbügel an den Road Trains schützen das Fahrzeug vor Beschädigung. Tiere auf der Straße werden von der Fahrbahn geschoben oder unter tonnenschwerer Last überrollt. Auf den Transitwegen schützen hohe Zäune das Wild vor dieser tödlichen Gefahr. Trotzdem zeugen immer wieder große Blutlachen auf der Straße von einem überfahrenen Rentier oder einem anderen Waldbewohner. Die Vorstellung daran, dass dieses Schicksal einem meiner Hunde widerfahren könnte, lässt mich vorsichtig sein.

Während wir uns kurz die Beine vertreten, dient den Hunden die schnelle Rast, um ihr Geschäft zu erledigen und sich ausgiebig zu strecken. Die Hündinnen Socke und Babe nutzen jede Pause für eine verspielte Rangelei. Cornflake und Smaks hingegen wälzen sich genüsslich im Schnee und Big Pack versucht ständig, unter dem Fahrzeug hindurch mit Dawson Streit anzuzetteln, der auf der anderen Seite des Lastwagens das Knurren erwidert. Frosty und Tracy stehen da wie begossene Pudel. Zitternd, mit eingezogenem Schwanz und mitleiderweckendem Blick warten sie darauf, sich wieder in ihre warmen Strohlager zu kuscheln. Jeder Pausenstopp ist in ihren Augen eine lästige Schikane. Nach einer zwanzigminütigen Pause werden unsere Passagiere wieder verladen und die Reise fortgesetzt.

Meine Hunde reisen sozusagen "first class". Der Aufbau des Lastwagens ist rundum isoliert und innen mit hellem Holz ausgebaut. Untergebracht sind meine Freunde wahlweise in Einzel- oder Doppelzimmern, die groß genug sind, um darin aufrecht zu stehen und sich der ganzen Länge nach auszustrecken. Ein doppelter Boden und ein dickes Strohlager, sorgen für den nötigen Schlafkomfort. Dachfenster gewährleisten Tageslicht und ein ausgeklügeltes Belüftungssystem garantiert ein angenehmes Klima. Jeder Hund hat seinen angestammten Platz im Hundetransporter und selbst nach einer mehrmonatigen Sommerpause finden sie auf Anhieb ihre persönliche Reisebehausung wieder.

*

Wir haben seit zwei Stunden Jokkmokk hinter uns gelassen und weitere 100 Kilometer zurückgelegt. Seither ist uns kein Fahrzeug mehr auf dieser Nordroute begegnet. Es ist ein sonderbares Gefühl, über so viele Kilometer alleine auf der Straße zu sein. Unter dem monotonen Brummen des Dieselmotors, fahren wir dem Sonnenuntergang entgegen. Die Stimmung ist unbeschreiblich. Der Horizont leuchtet in warmen Rottönen, und die letzten durchdringenden Sonnenstrahlen tauchen das Land in warmes und weiches Licht. Wenn sich die Sonne für heute endgültig verabschiedet hat, wird die Temperatur binnen weniger Minuten deutlich sinken, und die unzähligen Lichtpunkte einer sternenklaren Nacht werden ein ebenso beeindruckendes Bild ergeben. Aus dem Radio tönt die Stimme von Dido und animiert zum Mitsummen.

" ... I want to thank you for giving me the best day of my life ... " Der Song "Thank you" ist im Augenblick der Hit und wird im skandinavischen Radio rauf und runter gespielt. Die Szenerie ist fast schon kitschig. Wenn ich wieder Zuhause in Deutschland bin, wird mir dieses Lied, immer wenn ich es hören werde, ein Lächeln auf die Lippen zaubern. Es wird mich noch lange an die Zeit im Norden und die Teilnahme am Finnmarkslopet 2001 erinnern.

Es ist kurz vor Mitternacht, als wir die letzten Kilometer nach Alta zurücklegen. Seit drei Stunden fahren wir durch Rentiergebiet, und in der Dunkelheit fordert diese Strecke meine höchste Konzentration. Je weiter wir im Verlauf der Reise in Richtung Norden kommen, umso heimtückischer werden auch die Straßenverhältnisse. Stark vereiste Fahrrinnen, fehlende Straßenrandmarkierungen und Schneeverwehungen, lassen nur ein gemäßigtes Fahrtempo zu. Dazu die ständige Gefahr, im Scheinwerferlicht ein Rentier zu spät zu bemerken. Sonja versucht mich unentwegt in ein Gespräch zu verwickeln. Vor allem mit Themen von denen sie weiß, dass sie mich provozieren. Sie kennt mich nur zu gut, um zu wissen, dass ich mich sehr leicht zu einem Streitgespräch hinreißen lasse. Im Streit bin ich hellwach und die Gefahr, am Steuer einzuschlafen, ist somit gebannt. Auf diese Weise vergeht die Zeit wie im Flug und früher als geplant, passieren wir das Ortsschild von Alta.

Wir biegen von der Hauptstraße ab und steuern den Lastwagen auf einen Campingplatz direkt am Alta-River, das Ziel unserer Reise. Hier werden in den kommenden Tagen nahezu alle Musher Quartier beziehen. Eine stattliche Anzahl Holzhütten in verschiedenen Größen, wird für die Dauer des Rennens ein richtiges Musherlager. Das kleine Cafe auf dem Campingplatz ist während dieser Zeit auch gleichzeitig das Rennbüro des Finnmarkslopet. Wie jedes Jahr, wird hier auch der Zieleinlauf sein. Als wir auf den Parkplatz einfahren, werden wir bereits erwartet. Musherkollege Bernhard Schuchert und sein Helfer Martin empfangen uns mit einem freudigen »Hallo«. Die beiden sind vor drei Tagen aus Deutschland abgereist und gestern hier angekommen. Bernhard stellt sich bereits zum dritten Mal der Herausforderung dieser mörderischen Renndistanz. Mit Martin hat er einen erfahrenen Helfer an seiner Seite. Es ist schön, die beiden wiederzusehen. Sie haben uns bereits den Schlüssel zu unserer Unterkunft besorgt, und die Heizung läuft auf vollen Touren. Nach der anstrengenden Autofahrt schätzen wir diese nette Geste umso mehr.
Während wir noch einmal die Hunde aus ihren Schlafboxen holen, damit sie sich nach dem langen Transport die Beine vertreten, erfahren wir, dass den beiden bei ihrer Anreise ein Unfall passiert ist. In einer Kurve ist ihr Hundetransporter ins Schlingern geraten und umgestürzt. Gott sei Dank blieben Insassen und Hunde unverletzt. Das hätte auch mit einer Katastrophe enden können. Wenn auch ein klein wenig aus der Form geraten, wird das Fahrzeug soweit repariert werden können, dass es noch als Begleitfahrzeug zu den Check-

points taugt. Morgen früh werde ich den Schaden bei Tageslicht begutachten. Jetzt sehne ich mich nur noch nach einer weichen Matratze und einer Mütze Schlaf.

*

Das Mushermeeting

Als ich am nächsten Morgen die Augen öffne, ist es schon später Vormittag. Sonja ist früh aufgestanden und hat der Hundemeute bereits eine fette Suppe angeboten. Sie weiß, dass ich jede Stunde Schlaf gut gebrauchen kann. Schon bald werde ich Tag und Nacht hinter dem Schlitten herlaufen und erst im Ziel werde ich wieder in den Genuss kommen, länger als vier Stunden durchzuschlafen. Ich weiß diese Rücksichtnahme sehr zu schätzen und bereite uns als Gegenleistung ein appetitliches Frühstück zu. Anschließend sehen wir uns gemeinsam im Lager um. Es herrscht bereits ein emsiges Treiben und laufend reisen neue Teilnehmer an. Wir treffen viele bekannte Gesichter, Freunde und Bekannte. Es ist als würde sich eine große Verwandtschaft zu einem Familienfest einfinden.

Nachmittags trifft die Futterlieferung ein und jetzt gibt es allerhand zu tun. Seit meiner Abreise aus Deutschland sind mittlerweile einige Wochen vergangen und die Futterreserven gehen langsam zur Neige. Spezielles Hochleistungstrockenfutter habe ich in ausreichender Menge aus Deutschland mitgenommen. Auf unserer siebenwöchigen Reise werden meine vierbeinigen Freunde 500 Kilogramm Trockenfutter verzehren. Die zusätzlichen 200 Kilogramm Fleisch, die ich in großen Tiefkühlboxen mitgebracht habe, sind bereits bis auf einen kleinen Rest, den ich für das Rennen vorgesehen habe, aufgebraucht. Dabei handelt es sich um eine spezielle Fleisch-Mischung, die eigens auf die Bedürfnisse meiner Hunde ausgerichtet ist. Diese Energiehappen aus dem Hause Pfaffinger sind ein ausgewogener Mix aus Muskelfleisch vom Rind, Pansen, Fett und Eier. Franz Pfaffinger ist ein guter Bekannter und ein Spezialist in Sachen Hundefutter. Wir kennen uns seit der Anfangszeit meiner Hundepassion. Damals hat er noch in einer Scheune für eine Hand voll Hundebesitzer und Musher das Spezialfutter hergestellt. Mittlerweile ist er stolzer Besitzer eines Schlachthofes und liefert deutschlandweit. 50 Kilogramm seiner kostbaren Ware werde ich auf dem Rennen als Leckerbissen an meine Huskies verteilen. Diese Menge wird aber keineswegs ausreichend sein. Deshalb ist es notwendig, zusätzliches Fleisch in Norwegen zu kaufen. Das gefrorene Fleisch wird in großen 20-Kilogramm-Blöcken geliefert. Jeweils 60 Kilogramm Lamm, Lachs, Rentier und 100 Kilogramm Pansen, müssen nun in Schokoriegel große Stücke gehackt werden. Je kleiner umso besser, denn während des Rennens fressen die Hunde nur ungern größere Fleischstücke. Bei Temperaturen unter -30 Grad, gefrieren die Fleischbrocken so stark, dass sie von den Hunden nur sehr mühsam zerbissen werden können. Mit Axt und großen Messern fangen wir an, die Fleischblöcke zu zerhacken. Eine Sträflingsarbeit, die uns zwei ganze Tage beschäftigen wird. Die zerkleinerten Fleischhappen werden anschließend portionsweise in Plastikbeutel gepackt und mit verschiedenfarbigen Verschlüssen zugemacht. So erkenne ich später am farbigen Verschluss den Inhalt des Beutels.

*

Am Abend steht das obligatorische Mushermeeting auf dem Programm. Dieses Treffen aller teilnehmenden Schlittenführer und ihrer Helfer ist für alle Pflicht. Der Turnsaal einer Schule, in der die Versammlung abgehalten wird, ist gerammelt voll. Alle Stühle sind belegt und wer sich keinen Sitzplatz mehr verschaffen konnte, steht dicht gedrängt an den Wänden. Wir werden vom Organisationskomitee begrüßt und namentlich aufgerufen. Eine gute Gelegenheit, die Namen der Musher, die man bisher nur aus Ergebnislisten und Berichten her kannte, einem Gesicht zuzuordnen. Es folgt die abenteuerliche Beschreibung des 1000 Kilometer langen Streckenverlaufs, mit all seinen schwierigen Passagen und so mancher Schikane. Tierärzte überprüfen akribisch die Impfpässe aller Hunde der jeweiligen Teams. Die eine oder andere Dankesrede an die Sponsoren wird verkündet und natürlich werden die Startnummern vergeben. Das Meeting wird zweisprachig abgehalten, auf Norwegisch und auf Englisch. Jeder Satz also zweimal gesprochen, jede Frage zweimal gestellt und zweimal beantwortet. Das alles dauert Stunden.

Streckenverlauf Finnmarkslopet

über eine Distanz von 1000 Kilometer

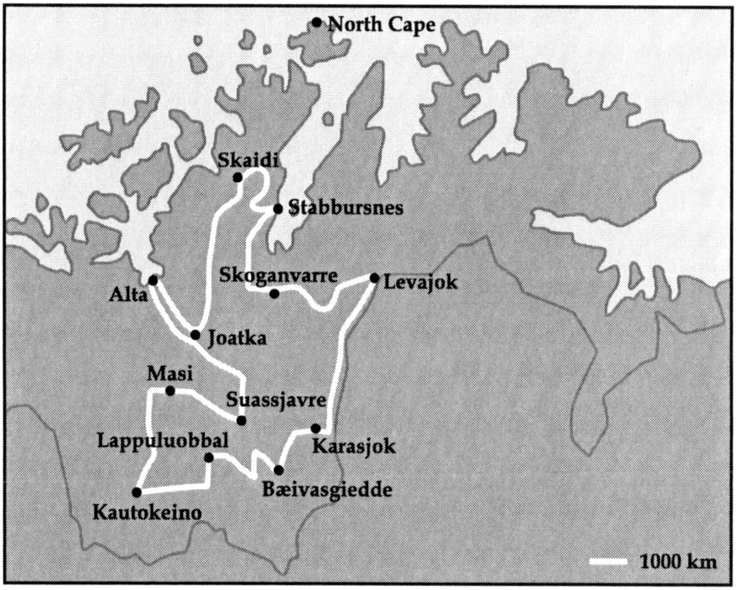

Checkpoints

Von	Nach	Kilometer/ Strecke	Kilometer gesamt
Alta, Bossekop	Joatka	60 km	60 km
Joatka	Skaidi	110 km	170 km
Skaidi	Stabbursnes	73 km	243 km
Stabbursnes	Skoganvarre	85 km	328 km
Skoganvarre	Levajok	88 km	416 km
Levajok	Karasjok	86 km	502 km
Karasjok	Bævasgiedde	64 km	566 km
Bævasgiedde	Lappuluobbal	79 km	645 km
Lappuluobbal	Kautokeino	68 km	713 km
Kautokeino	Masi	74 km	787 km
Masi	Suossjavre	50 km	837 km
Suossjavre	Joatka	60 km	897 km
Joatka	Alta, Strand Camping	54 km	951 km

Aus Rücksicht auf die Neulinge im Teilnehmerfeld, die Rookies, für die noch jede Information wichtig ist, geht das Mushermeeting geduldig und diszipliniert über die Bühne. Im Vergleich zum Vorjahr gibt es nur geringfügige Änderungen im Streckenverlauf. Ein Teil der Strecke führt durch Rentiergebiete der Samen und nicht alle Rentierzüchter sind dem Rennen positiv gestimmt. Die Angst der Herdenbesitzer, dass durchgehende und führerlose Hundegespanne, Rentiere reißen könnten, ist jedoch völlig unbegründet. Die Teilnehmer sind allesamt erfahrene Schlittenhundeführer, und sollte es wider Erwarten doch zu einem solchen Unfall kommen, wird die eigens dafür abgeschlossene Versicherung für den Schaden aufkommen. Vielleicht haben die Rentierzüchter bereits unangenehme Erfahrungen mit unerfahrenen Touristen gemacht, die mit Leihteams unterwegs waren. Denn Schlittenhundetouren sind eine beliebte Touristenattraktion im Norden. Begegnungen mit den Samen werden häufig sein auf dieser langen Wegstrecke und ich für meinen Teil werde mich bemühen, einen positiven Eindruck zu hinterlassen.

Wir Teilnehmer werden mit Nachdruck darauf hingewiesen, die Pflichtausrüstung vollständig im Schlitten mitzuführen. Sollte ein Checker das Fehlen eines dieser Ausrüstungsgegenstände feststellen, führt dies unweigerlich zur Disqualifikation. Und wie jedes Jahr gibt es auch diesmal wieder heiße Diskussionen darüber, was erlaubt ist und was nicht. Jeder versucht natürlich, so viel wie möglich an Gewicht einzusparen. Um das Gewicht einer Axt einzusparen, kann laut Rennregel stattdessen ein Messer mitgeführt werden. Nur wie groß muss dieses mindestens sein, um als Ersatz für die Axt anerkannt zu werden?

Oder, wie lang muss der Stiel der obligatorischen Schneeschaufel mindestens sein? Über solche Fragen können Musher stundenlang streiten. Im vergangenen Jahr habe ich so manches aus der Pflichtausrüstung ebenfalls als überflüssige Schikane angesehen. Nachdem ich dann mit der Brutalität dieses Rennens konfrontiert wurde, konnte ich jeden mitgeführten Gegenstand als lebensnotwendig bestätigen. Sei es die Signalpistole, um sich in Gefahr bemerkbar zu machen, die Schneeschaufel, um sich im Sturm einzugraben, oder die Notverpflegung für Musher und Hunde, wenn man für einige Tage gezwungen ist, zu biwakieren. Es sind alles Dinge, auf die ich nicht verzichten möchte, wenn ich da draußen alleine bin.

Als Rookie denkt man noch, dass alles nicht so schlimm kommt. Das Organisationskomitee wird schon dafür sorgen, dass wir einen befahrbaren Trail vorfinden. Wenn sich schlechtes Wetter ankündigt, das Eis des Flusses aufbricht, oder Gefahr durch zu viel oder zuwenig Schnee droht, wird uns schon jemand warnen. Und gegebenenfalls die Gefahrenstelle absichern. Ja, so denkt man als Neuling, nach dem Motto: »Nichts wird so heiß gegessen, wie es gekocht wird.«
Es kommt meist schlimmer, als es sich ein Rookie je ausdenken kann, aber das weiß zu diesem Zeitpunkt keiner von ihnen. Niemand ist da draußen und legt dir eine Spur, wenn Schneeverwehungen keinen Trail mehr erkennen lassen. Niemand, der dich durch einen Blizzard lotst, dir über die Berge hilft, dich vor Overflows schützt oder gar aus dem Wasser zieht, wenn du samt Schlitten und Hunden im eiskalten Wasser liegst. Keiner ist da, wenn du den Schlitten zu Schrott fährst und dir dabei ein Bein brichst. In Notsituationen kann man nur auf die Hilfe eines anderen Mushers hoffen, um es mit ihm in einen sicheren Checkpoint zu schaffen. Diese sind spär-

lich verteilt auf dieser langen Strecke und somit auch keine Sicherheit, auf die man sich verlassen kann.

Nach vier Stunden Meeting sind endlich alle wichtigen Fragen geklärt und wir werden mit den Worten »enjoy your trip« entlassen.

*

Letzte Vorbereitungen

Der nächste Tag beginnt mit altbewährter Vorbereitungs-Routine. Sonja füttert die Hunde, während ich eine Stunde länger schlafen kann und anschließend unser Frühstück zubereite. Danach zerhacke ich den Rest der Fleischblöcke zu kleinen Futtersnacks und mein Handler verpackt diese in Plastiktüten, vierzehn Stück in einen Beutel. Auf diese Weise verarbeiten wir 280 Kilogramm verschiedene Fleischsorten, bis wir Blasen an den Händen haben. Eine Fleischmenge, die ein Hundeteam in diesem Rennen unmöglich verputzen kann. Aber ich muss damit rechnen, dass meine Huskies ihren gewohnten Fleisch-Mix nach einigen Tagen verweigern. Für diesen Fall kann ich ihnen verschiedene Geschmacksrichtungen aus Lamm, Pansen, Lachs und Rentier offerieren, um sie zum Fressen zu animieren und damit ausreichend mit Energie zu versorgen.

Mir geht es dabei genauso wie meinen Hunden. Unter dieser extremen körperlichen Belastung, schnürt sich mein Magen zu und ich bringe keinen Bissen runter. Lediglich Cola, Trockenfrüchte und Nüsse sind für etliche Tage meine Energielieferanten, also Zucker und Fett. Nahrungsmittel die ich Zuhause nie einkaufen würde. Nach zwei oder drei Tagen auf dem Trail, habe ich aber eine regelrechte Gier auf das Zuckergebräu und die süßen Trockenfrüchte.

Es wird Zeit, die Depotsäcke zu packen. Depotsäcke sind Versorgungssäcke, die auf mehrere Checkpoints verteilt werden und für die Teams den Nachschub an Futter und wichtiger Ausrüstung gewährleisten. Nicht alle Kontrollpunkte, die durchlaufen werden müssen, sind auch gleichzeitig Depotplätze. Als Checkpoints mit Depot sind folgende Ortschaften vorgesehen: Skaidi, Stabbursness, Skoganvarre, Masi, Levajok, Karasjok, Lappuluobbal, Kautokeino, und Suossjavri. Die Versorgung der Hunde darf während des Rennens ausschließlich über die Depotsäcke erfolgen, während der Musher die Möglichkeit hat, sein Essen, trockene Kleidung oder Batterien für die Kopflampen aus seinem Begleitfahrzeug zu holen. So sieht es das Rennreglement vor.
Es gilt also gut zu überdenken, was man alles in die Nachschubsäcke packt. Die Anzahl der Fleischsnacks und das Trockenfutter wird danach bemessen, wie viele Kilometer bis zur nächsten Station zurückzulegen sind, und wie lange das Team voraussichtlich unterwegs sein wird. In Suossjavri ist für alle Gespanne ein achtstündiger Pflichtstopp obligatorisch. Ein weiterer Pflichtstopp von zwölf Stunden ist frei wählbar. In diese beiden Depotsäcke wird man also mehr Futter packen als in die übrigen. Die lange Pausenzeit in den Lagern, nutzt jeder um seine Hunde mehrmals zu füttern um ihre Energiereserven für die folgenden Strapazen aufzufüllen. Ich entscheide mich dafür, meinen Zwölf-Stunden-Pflicht-Stopp in Skoganvarre einzulegen. Der Trail von Skoganvarre nach Levajok gilt als der härteste Streckenabschnitt dieses Rennens. Über mehrere Berge und Hochplateaus werden die 90 Kilometer den Teams ihre physischen Grenzen aufzeigen. Besonders bei schlechtem Wetter kann die Überquerung zur Hölle werden. Ich möchte mit ausgeruhten Hunden diesen schwierigen Rennabschnitt antreten. In meinem Strategieplan klingt

das logisch. Aber was, wenn mich das Wetter zwingt, diese Rast schon früher anzutreten? Oder aber die Wetter- und Streckenverhältnisse sind so sicher, dass es besser wäre diese lange Pause erst später im Rennen zu nehmen? Alles Situationen, die es in einer Rennstrategie zu bedenken gilt. Bei meiner Taktik orientiere ich mich an den Erfahrungen der Veteranen, denen ich immer wieder über die Schulter schaue und sie mit meinen Fragen löchere. Seit Monaten bin ich bei meiner Planung in Gedanken jedes Wenn und Aber durchgegangen. Herausgekommen ist ein schriftlicher Versorgungsplan, an den wir uns nun streng halten werden.

*

Sonja beschriftet neun Kunststoffsäcke mit einem breiten Filzschreiber. Auf beiden Seiten steht der Name des Checkpoints, der Vorname und Nachname des Mushers und seine Startnummer. In der richtigen Reihenfolge ausgelegt, füllen wir diese mit den vorbereiteten Fleisch-Snacks und Trockenfutter. Zusätzlich kommen pro Hund zwei Paar Booties in den Sack. Streichhölzer, Ersatzsocken, Handschuhe und Batterien werden wasserdicht verpackt und ebenfalls auf die Depots verteilt. Für die Depots in Skoganvarre und Kautokeino habe ich zusätzlich Ersatzbeläge für die Schlittenkufen vorgesehen.
Einige der Ausrüstungsgegenstände, die wir in die Versorgungssäcke packen, dürfte ich an den Checkpoints auch aus meinem Begleitfahrzeug holen. Aber aufgrund der Wetter- und Straßenverhältnisse erreicht der Handler mit dem Hundetruck nicht immer rechtzeitig die Checkpoints. Auch eine Autopanne muss in die Planung mit einbezogen werden. Hat ein Teilnehmer wichtiges Equipment nicht zur Verfügung, kann dies zu

stundenlangen Verzögerungen führen, im schlimmsten Fall sogar zum vorzeitigen Ausscheiden.

Es ist später Nachmittag als wir die prall gefüllten Plastiksäcke nacheinander durch das Mushercamp in Richtung Strandcafe schleifen. Seit dem frühen Morgen ist dort ein Laster abgestellt, der die Säcke auf die verschiedenen Orte verteilen wird. Die Transportfläche ist mit Gitterwänden unterteilt. Es gibt für jede Depotstation eine Gitterbox. In den einzelnen Boxen stapeln sich bereits Hunderte von ordentlich beschrifteten Depotsäcken.
Ständig kommen Musher oder deren Handler und verteilen ihre kostbare Fracht über die Ladefläche des Lastwagens. Gerne würde ich mit so manchem ein kurzes Schwätzchen halten, aber die Pflicht ruft. Der Rennschlitten ist noch nicht gepackt und wir haben nur noch für eine halbe Stunde Tageslicht.

Ich kontrolliere noch einmal alle Schraubverbindungen und Leinen des Schlittens auf Festigkeit. Unterdessen legt mir Sonja das gesamte Schlittenequipment übersichtlich bereit. Packen will ich selber. Die sperrigen Gegenstände, wie Schneeschaufel und Axt, werden an die Seiten des Schlittensacks angelegt. Alle schweren Teile, wie zum Beispiel der Kocher und der große Cooler kommen nach hinten. Leichte Utensilien werden im vorderen Teil des Schlittensacks verteilt. Dazu zählen Schlafsack, Ersatzkleidung, Ersatzschuhe und Kartenmaterial. Stirnlampe, Messer und Booties müssen schnell zu finden sein, deshalb packe ich diese Sachen in eine zusätzliche Tasche, direkt unter dem Handlebar. Die gesamte Ausrüstung muss so geschickt auf dem Schlitten verstaut werden, dass das Hauptgewicht so weit wie möglich hinten liegt. So ist der 2,50 Meter lange Schlitten am besten durch die Kurven zu steuern und sinkt im Tiefschnee nicht zu tief ein. Beim Bepacken des Schlittens ist zu bedenken, dass noch genügend Platz bleibt, um problemlos zwei Hunde im Schlitten zu transportieren. Denn es wird immer wieder vorkommen, dass sich einer meiner Vierbeiner eine Auszeit nimmt, wenn er müde wird. Dann wird er kurzerhand in den Schlitten verfrachtet und wieder ins Gespann genommen, sobald er sich genügend ausgeruht hat. Nachdem alles an Ausrüstung im Schlitten Platz gefunden hat, kontrolliere ich gemeinsam mit Sonja die Pflichtausrüstung. Damit auch sicher nichts vergessen wird, hakt sie jeden Ausrüstungsgegenstand auf einer Checkliste ab. Zu guter Letzt befestigen wir mit großen Sicherheitsnadeln die Startnummer und Sponsorenbanner am roten Schlittensack.

*

Die Eröffnungsfeier

Die Eröffnungsfeier findet im Zentrum von Alta statt. Aus Unmengen von Schnee haben Studenten eine Arena mit mehreren Stufen gebaut, auf denen die Zuschauer sitzen und eine tolle Show beobachten können. Vor der halbrunden Bühne türmt sich eine fünf Meter hohe Schneewand auf, die als Leinwand für eine Multimedia-Show dient. Eindrucksvolle Bilder von vergangenen Rennen werden in einer beindruckenden Choreographie mit Lichteffekten und musikalischer Untermalung an die überdimensionale Naturleinwand projiziert. Als Höhepunkt der Show, erwacht das Bild eines Schlittenhundeteams auf der Leinwand zum Leben. Ein echtes Hundeteam samt Schlitten und Musher bricht durch die Schneewand in die Arena, begleitet von einem großartigen Feuerwerk. Ein wirklich beeindruckendes Spektakel.

Die feierlichen Reden der Repräsentanten von Stadt und Kommune werden durch poppige Livemusik und folkloristische Darbietungen der Samen in ihren farbenprächtigen Trachten aufgelockert. Leider verstehe ich kein Wort, da die Reden nicht ins englische übersetzt werden. Aber auch wenn ich der Sprache nicht mächtig bin, begreife ich trotzdem die Botschaft. Nacheinander werden wir teilnehmenden Musher in die Mitte der Arena gerufen und dem Publikum vorgestellt. Alle Musher präsentieren sich in ihrer typischen Rennkleidung. In den dicken Daunenparkas, Fellmützen auf dem Kopf, Mukluks an den Füßen und langen Messern an der Seite, sehen wir aus wie eine Horde wilder Haudegen. Doch von Wildheit ist keine Spur. Wir sind alle sehr beeindruckt von den Darbietungen und ergriffen von der feierlichen Stimmung dieser Vorstellung. Es ist ein besonderes Gefühl, heute hier zu stehen und zu wissen, dass man schon morgen auf sich alleine gestellt auf ein 1000 Kilometer entferntes Ziel zustrebt. Es ist ein Gefühls-Mix der nur schwer zu beschreiben ist. Könnte man eine Portion Entdeckerlust, etwas Abenteuer, eine Prise Faszination, ein klein wenig Angst und eine gehörige Portion Freiheit in einen Mixer stecken und kräftig durchmischen, um anschließend einen kräftigen Schluck davon zu nehmen, dann wäre das Gefühl beschrieben, das ich in diesem Augenblick in mir trage und das in meiner Magengegend rumort.

Nach einer Stunde ist der offizielle Teil der Eröffnungsfeier beendet. Ein nahegelegenes Pub lädt ein, den Abend mit Bier und Livemusik zu beenden. Sich ein wenig aufzuwärmen, kann nicht schaden, denn inzwischen ist die Temperatur auf -25 Grad gesunken und dazu bläst ein eisiger Wind. Wir finden die Bar im Keller eines Einkaufszentrums. Als ich die Eingangstür öffne, kommt uns eine graue Nikotinwolke entgegen. Das Lokal ist gerammelt voll, man versteht sein eigenes Wort nicht mehr, also von Gemütlichkeit keine Spur. Das ist nicht die Atmosphäre in der ich diesen Tag beenden möchte. Ich bin ohnehin hundemüde und so beschließen wir kurzerhand zurück ins Quartier zu fahren.

*

Es wird ernst

Ich mache die halbe Nacht kein Auge zu. Ich döse nur so vor mich hin und drehe mich unruhig in meinem Schlafsack von einer Seite zur anderen. Meine Gedanken kreisen um die folgenden Tage. Tausende Fragen spuken mir durchs Gehirn. Werden meine Vorbereitung und das Training der Hunde für diese Marathonstrecke ausreichend sein? Habe ich alle wichtigen Situationen bedacht? Wird Sonja ganz alleine mit dem Ungetüm von Lastwagen zurecht kommen? Werde ich die Strapazen gesundheitlich durchstehen? Ja – warum mache ich das Ganze eigentlich?
Vielleicht ist das, was ich hier mache, ja die unnützeste Sache der Welt – völlig sinnlos und plemplem. Mag sein. Für mich macht es jedoch im Augenblick Sinn. Und es wird unbeschreiblich schön sein – ich weiß, dass es so sein wird. Dieses Gefühl, diese Erfahrungen kann mir keiner mehr nehmen. Irgendwann, wieder Zuhause, gefangen in den Pflichten und Zwängen des Alltags, werde ich so manches Mal innehalten und mich erinnern – mit all meinen Sinnen. Daraus kann ich die Kraft schöpfen, auch schwierige Situationen gelassen zu meistern. Gelassenheit – das ist vielleicht eines der Dinge, die ich in dieser Unternehmung suche.
Es scheint, als hätte ich eine passende Rechtfertigung für das morgen beginnende Abenteuer gefunden, denn

wenige Minuten später falle ich doch noch in einen tiefen Schlaf.

*

Es ist sechs Uhr morgens als ich wach werde. Sonja schläft tief und fest und ich lasse sie schlafen. Ich ziehe mich leise an und schleiche mich aus dem Zimmer. Im Hundetruck ist es noch ruhig. Meine Freunde liegen ausgestreckt in ihren warmen Strohbetten, schlummern vor sich hin oder beginnen langsam mit ihrer Morgenpflege. Ich streichle ihnen sanft über die Schnauzen, massiere ihre warmen Bäuche und knete ihre Pfoten. Genüsslich grummeln sie dabei, recken sich oder gähnen laut. Sie wissen längst, dass es heute los geht. Meine Nervosität kann ich nicht vor ihnen verbergen. Sie spüren es durch mein Verhalten und wie ich mit ihnen rede. Mit einer Selbstsicherheit und Gelassenheit sehen sie mich an, als ob sie mir sagen wollten: »Jetzt mach dir Mal nicht in die Hosen Thomas, wir werden das Kind schon schaukeln!« Es ist eine wortlose Kommunikation zwischen Mensch und Tier, eine andachtsvolle Einstimmung auf die folgenden Tage. Ich biete ihnen ein schmackhaftes Frühstück an und fülle ihre Futternäpfe bis an den Rand.

Als ich ins Quartier zurückkomme, hat Sonja bereits den Frühstückstisch gedeckt.
»Warum hast du mich nicht geweckt?« Sie sieht mich vorwurfsvoll an.
»Ich wollte dich noch schlafen lassen, wir haben noch genügend Zeit.«
»Wie fühlst du dich?«
»Wie immer vor dem Start. Ich bin so aufgeregt, dass ich Angst habe, jeden Augenblick zu platzen.«

»Jetzt trink erst Mal einen kräftigen Schluck Kaffee und mache dir keine Sorgen, du hast dich optimal vorbereitet. Du und die Hunde da draußen, ihr werdet das schon machen!«
»Ihr habt euch wohl abgesprochen um mich zu beruhigen, denn das Gleiche haben die mir auch gerade gesagt.«
Andächtig sitzen wir vor unserem Frühstück, aber keiner bringt einen Bissen runter. Jeder nippt an seiner Tasse Kaffee, der auch nicht recht schmeckt. Es sind die letzten ruhigen Minuten vor dem Start. Ein Blick auf die Uhr und Sonja unterbricht unsere Andacht. »Also dann Musher – los geht's!«

*

Im Mushercamp herrscht hektisches Treiben. Man sieht Musher beim Füttern der Hunde und Bepacken der Schlitten. Entspannte Gesichter gibt's nur unter den Zuschauern, die bereits vereinzelt mit Fotoapparat bewaffnet durch den Stake-out marschieren. Wir laden den vorbereiteten Rennschlitten in den Lastwagen und machen uns auf den Weg nach Sorrisniva. Dort wird nach dem Prolog und Auftakt des Rennens der Passagierschlitten gegen den richtigen Rennschlitten ausgetauscht. Um den Start für die Zuschauer attraktiver zu gestalten, startet jedes Team mit einem Fahrgast im Schlitten. Nach zwanzig Kilometern werden die Schlitten getauscht und die Reise geht ohne Passagier weiter.

In Sorrisniva herrscht Chaos. Ein unerfahrener Helfer hat seinen Hundetransporter im Straßengraben versenkt und blockiert die Zufahrtsstraße. Dutzende Leute stehen um das Fahrzeug, wild um sich fuchtelnd und böse Schimpftiraden auf ihn einschmetternd. Wir wollen uns auf keinen Fall von dieser Panik anstecken lassen, parken unser Fahrzeug in sicherer Entfernung und schieben den Schlitten zum vorgesehenen Tauschplatz. Erst wenige Schlitten stehen dort aufgereiht. Ein Zeichen dafür, dass sich der Großteil der Musher noch auf dem Weg hierher befindet. Wir beeilen uns wegzukommen, bevor noch mehr Autos die Straße blockieren und wir in Zeitdruck geraten.

*

Es ist mittlerweile zehn Uhr vormittags, als Sonja den tonnenschweren Lastwagen, der für die kommende Woche ihr Zuhause sein wird, auf das Startgelände rollt. Die Transportfahrzeuge der Teilnehmer sind entlang einer Straße von den Helfern der Organisation aufgereiht worden. Lastwagen, Geländefahrzeuge mit Hundeanhängern und Wohnmobile parken Stoßstange an Stoßstange.

Der Start des Rennens ist in Bossekop, einem Stadtteil von Alta mit einer traumhaften Kulisse. Den Teilnehmern und Zuschauern bietet sich ein überwältigender Ausblick auf einen Fjord, umgeben von weißen Bergen. Die Ortschaft Alta besteht aus mehreren Ortsteilen, entlang der Hauptstraße. Gegen Ende des 2. Weltkrieges wurden nahezu alle Häuser und der Großteil der riesigen Kiefernwälder um die Stadt zerstört. Somit bietet Alta heute das Bild einer modernen Siedlung. Trotzdem hat die Stadt einen besonderen Flair. Die Einwohner sind sehr freundlich und ihre ruhige Art, die Dinge anzugehen, lässt vergessen, dass es Begriffe wie Stress und Hektik gibt. Bis zum 18. Jahrhundert lebten in der Gegend um Alta fast ausschließlich Samen, erst dann begann die Einwanderung von Finnen und Norwegern. In und um Alta sind viele Musher zu finden. Die Bedingungen für den Schlittenhundesport sind dort auch ideal.

Einer der Höhepunkte des Jahres ist in Alta das Startspektakel des Finnmarkslopet. Das Rennen startet traditionell am zweiten Samstag im März, angelehnt an das Iditarod, ein Rennen in Alaska.
Bei strahlendem Sonnenschein haben sich viele Hunderte von Zuschauern zu diesem Ereignis eingefunden. Nicht zuletzt auch deshalb, weil in diesem Jahr das Rennen von der königlichen Hoheit, Prinzessin Märtha Louise von Norwegen, eröffnet wird. Dementsprechend groß ist auch das Interesse der Medien.
Entlang der Straße zum Start herrscht schon seit dem frühen Morgen geschäftiges Treiben. Helfer laufen aufgeregt umher und erledigen letzte Aufbauarbeiten. Reporter und Fotografen suchen sich die besten Standorte, um hautnah am Geschehen zu sein. Zuschauer nutzen die Gelegenheit, den Schlittenhundeführern bei ihren Vorbereitungen über die Schulter zu schauen. Entlang der Straße und auf dem kleinen Parkplatz, der die Startarena bildet, warten 650 tobende Schlittenhunde darauf, endlich losgelassen zu werden. Ein brodelnder Kessel, deren Irrsinn, Faszination und Anspannung man sich nicht entziehen kann. Nervosität und Lampenfieber verbreiten sich unter Mushern, Helfern und Zuschauern wie bei einer Epidemie. Schon ein kleiner Funke hat ausgereicht, auch mich zu infizieren. Ich sterbe fast vor innerer Anspannung.

Meine Nervosität steigert sich von Minute zu Minute. Obwohl ich diesen Sport seit vielen Jahren betreibe, bin ich vor jedem Start so aufgeregt, als sei es mein erstes Rennerlebnis. Aber wenn ich in die Gesichter meiner Mitstreiter blicke, erkenne ich die gleiche Nervosität und

Anspannung und das beruhigt mich. Schließlich steht uns keine Spazierfahrt bevor, sondern 1000 Kilometer pures Abenteuer: Durch wilde Regionen, durch Wälder und über weite Bergplateaus, entlang von Flüssen und über Seen. In Teamarbeit mit unseren Hunden werden wir uns Tag und Nacht bei Temperaturen bis -45 Grad durch eisige Stürme und Einsamkeit kämpfen, um hoffentlich nach vier bis sieben Tagen die Ziellinie zu überqueren.

Wer an diesem Rennen teilnimmt, hat sich mindestens ein Jahr intensiv vorbereitet. Für die notwendige Ausrüstung, das Startgeld, die Impfungen der Hunde und die Einreisegenehmigungen müssen die Musher einen Geldbetrag in Höhe eines Mittelklassefahrzeugs aufbringen. Der eine oder andere Glückspilz hat die Möglichkeit, seinen Eigenanteil durch Sponsoren-Unterstützung zu verringern. Dem ersten Schlittenhundeführer, der das Ziel erreicht winkt eine Siegesprämie, die nicht einmal die Selbstkosten deckt. Geld ist also für keinen der Teilnehmer der Grund, sich diesen Strapazen auszusetzen. Ein alter Hase unter den startenden Mushern antwortete mir auf die Frage warum er bereits das zehnte Mal teilgenommen hat: »Der Trail ist da um gelaufen zu werden und einer muss es ja tun.«
Wer nun denkt, er findet unter den Teilnehmern die wilden Abenteurer, die für eine Schlagzeile Kopf und Kragen riskieren. Oder Träumer, Spinner und Sensationsjäger auf der Suche nach dem ultimativen Kick, der wird enttäuscht werden. Er findet Frauen und Männer, die mit beiden Beinen im Leben stehen und keinen Illusionen hinterher jagen. Im Gegenteil, es sind Menschen, die ihren Traum leben. Zugegeben, ein klein wenig verrückt muss man schon sein, das macht es einem dann ein bisschen leichter, hier teilzunehmen.

Ich habe noch genügend Zeit bis zu meinem Start und besuche einige Bekannte und Freunde, die ebenfalls am Rennen teilnehmen. Frank Sihler unterhält sich in einem "Sprachenmischmasch" aus finnisch, deutsch und englisch mit zwei Mitstreitern. Frank ist ein sehr erfahrener Musher und hat sich zum Ziel gesetzt, ganz vorne im Feld mitzufahren. Vor einigen Jahren ist Franky, wie er von Freunden genannt wird, aus München nach Kuttanen in Finnland ausgewandert. Seinen Lebensunterhalt verdient er sich als Wilderness-Guide und Schlittenhundeführer für Touristen. Mittlerweile hat es ihn nach Alaska verschlagen, ins Traumland aller Musher. Er und seine Hunde sind mit den Klimabedingungen in diesen Regionen bestens vertraut. Das ist ein großer Vorteil gegenüber den Teilnehmern aus Südeuropa, die ihre Hunde überwiegend mit dem Trainingswagen trainieren und nur wenige Urlaubswochen im Jahr Zeit finden, ihr Hundeteam auf Schnee laufen zu lassen.

Bernhard Schuchert unterhält sich intensiv mit Rudi Niggermeier. Bernhard hat Mushing Erfahrung im hohen Norden. Er gibt vermutlich Rudi letzte Ratschläge, den als Neuling in diesem Rennen noch viele Fragen quälen. Aber in ein paar Tagen ist auch sein Erfahrungsschatz größer

Unter den Mushern die sich dieser Herausforderung stellen, sind auch zwei Frauen, eine Französin und eine Norwegerin.

In den vergangenen Tagen habe ich der Französin beim Packen ihrer Depotsäcke einige Male über die Schulter geschaut. Ihre Futterrationen bestanden ausschließlich aus Bergen von gefrorenem Pansen. Sie würde es nie schaffen, diese Mengen in die Hunde rein zu bekommen. Wenn doch, würde es trotzdem nicht die nötige Energie liefern, die der Stoffwechsel der Athleten für diese Anstrengung fordert. Sie und ihr Begleiter sehen zwar immer aus wie aus dem Ei gepellt, doch die Ausrüstung für dieses Rennen ist wenig vertrauenerweckend. Ich rechne ihr als Neuling keine Chancen aus, in diesem Rennen weit zu kommen. Die Aufkleber auf ihrem Transportanhänger lassen mich erkennen, dass sie schon mehrmals am Alpirod teilgenommen hat, einem der längsten Mitteldistanzrennen. Doch das Finnmarkslopet ist damit kaum zu vergleichen. Die schlimmsten Gegner in diesem Rennen sind die extremen arktischen Wetterbedingungen, denen sich die Teilnehmer aussetzen. Ich denke, sie ist sich der Härte dieser Herausforderung, wie jeder Rookie, noch nicht bewusst.

Die Norwegerin hingegen ist eine erfahrene Musherin, die bereits wiederholt erfolgreich am Finnmarkslopet teilgenommen hat. Zusammen mit ihrem Ehemann betreibt sie eine Huskyfarm mit 150 Hunden. Touristenfahrten mit Hundegespannen sind ihr tägliches Brot. Diese langjährige Erfahrung mit Schlittenhunden in arktischen Regionen ist die denkbar beste Voraussetzung, dieses Abenteuer erfolgreich zu bestehen.

*

Ein Blick auf die Uhr signalisiert mir, dass es langsam Zeit für mich wird, Startvorbereitungen zu treffen. Noch eine Stunde bis zum Start. 13.12 Uhr ist meine offizielle Startzeit. Als zwölfter von einundzwanzig Startern werde ich ins Rennen gehen.

Meinen Schlitten befestige ich bombenfest mit zwei Startleinen am Lastwagen. Beim Start entwickeln die Hunde durch ihr Zerren und Reißen an der Zugleine Bärenkräfte. Es wäre ein Albtraum, wenn in diesem

Moment die Startleine reißt und ein 14-Hunde-Team unkontrolliert durch die Menschenmassen rast. Ich lege die Zugleine aus und prüfe die Messingschnapper. Eingefrorene Schnapper kosten Zeit und Nerven beim Einspannen der Hunde. Die Zuggeschirre werden zurechtgelegt und die 56 Hundebooties abgezählt bereitgelegt.
Noch einmal kontrolliere ich meinen Schlitten. Die Zugleine und Ankerleinen sind fest mit dem Schlitten verbunden. Im Schlittensack habe ich zwei Rentierfelle ausgebreitet, die darauf warten, dass ein Tourist Platz nimmt. Jedes Team startet mit einem Passagier im Schlitten. Von der Organisation habe ich als Passagier einen Mann namens Knut zugeteilt bekommen. Dieser hat sich bis jetzt noch nicht bei mir gemeldet. Ich hoffe, mein Mitfahrer wird rechtzeitig auftauchen, denn die letzten Minuten vor dem Start steigert sich meine Nervosität ins Unermessliche und ich habe sicher nicht mehr die Nerven, mich um einen unerfahrenen Touristen zu kümmern. Trotzdem werde ich bemüht sein, einen freundlichen Eindruck zu hinterlasen. Schließlich ist dieser Prolog zu Anfang des Rennens eine wichtige Einnahmequelle und Werbung für die Rennorganisation.

Langsam beginne ich damit, die Hunde aus ihren Boxen zu holen und Sonja hängt die Hunde an die kurzen Ketten um den Hundetransporter. Dabei hat sie für jeden Hund einen aufmunternden Spruch auf den Lippen. Wieder ein Blick auf die Uhr, die Minuten verrinnen wie im Flug. Ich muss mich beeilen, um nicht zu spät an den Start zu kommen. Ich beginne, einen Hund nach dem anderen die Pfoten zu booten. Dabei schüttle ich den Schnee von den Pfoten ab und schmiere eine Schutzsalbe zwischen die Zehen. Erst dann stülpe ich den Hundeschuh über die Pfote, um ihn mit einem Klettverschluss zu verschließen. Dabei gehe ich sehr gewissenhaft vor, denn ich möchte vermeiden, dass Hunde wegen wunde Pfoten, die durch scharfe Eiskristalle entstehen, vorzeitig aus dem Rennen genommen werden müssen. Bereitwillig lassen sich meine vierbeinigen Freunde diese Prozedur gefallen. In den vergangenen Wochen wurde dies zur täglichen Routine. Bei jedem Trainingslauf habe ich die Pfoten meiner Hunde zum Schutz gebootet. Nun streifen wir den Hunden die Zuggeschirre über und sie werden langsam unruhig und zerren an ihren Anbindeketten. Sie spüren, das es bald los geht. Beruhigend rede ich auf mein Team ein, mit mäßigem Erfolg. Sie fühlen die Aufregung in meiner Stimme, und für mich beginnen die schlimmsten Minuten des Rennens. Wäre ich doch schon auf dem Trail und unterwegs zum ersten Checkpoint. Ein Helfer gibt mir ein Zeichen, noch dreißig Minuten zum Start. Sonja sieht mich an und signalisiert mir, dass es höchste Zeit wird einzuspannen.

Wir haben bei den Startvorbereitungen kein Wort miteinander gewechselt. Wir sind ein eingespieltes und bewährtes Team. Jeder weiß, was er zu tun hat und dazu braucht es keine Worte mehr. Als erstes spanne ich Frosty ein. Ihr Platz ist ganz vorne "in lead". Die kleine Hundedame mit ihren sechzehn Kilogramm spannt die Zugleine straff wie eine Bogensehne, an der nacheinander alle Hunde ihren Platz im Team finden werden. Neben Frosty wird Shari laufen.

Mit ihrem kurzen Fell und Schlappohren erfüllt sie nicht gerade das klassische Bild eines Schlittenhundes. Shari ist ein sogenannter Hound, das bedeutet, dass ein gewisser Anteil Jagdhund im Stammbaum zu finden ist. Shari zittert am ganzen Leib vor Aufregung. Die Zuschauer, die uns beobachten, werden sicher denken, der Hund friert. Hinter den beiden Führungshunden werden weitere

Leithunde laufen, nämlich Socke und Nesquik. Socke werde ich die Führung des Teams überlassen, wenn Neuschnee und Schneeverwehungen keinen Trail mehr erkennen lassen. Mit sicherem Gespür findet diese Hündin den Weg. Nesquik, die liebevoll Nessi genannt wird, wird das Team über blankes Eis führen, sofern uns diese Schikane widerfahren sollte. Das dritte Paar bilden Babe und Sammi. Die beiden Hundedamen haben im Training ihr Rudel schon einige Male angeführt und vielleicht werden sie nun auch im Rennen ihre Leithundqualitäten unter Beweis stellen müssen. Alle Leithunde sind nun eingespannt.

Als nächstes im Team folgen Tracy und Nickel. Mit diesen beiden Mädels sind die ersten acht Hunde im Gespann alles Hundedamen. Nickel und Tracy sind mit ihren sieben Jahren erfahrene Hunde. Auf die empfindlichen Pfoten von Tracy werde ich während des Rennens besonders aufpassen müssen. Bereits im Training hatte sie mehrmals Probleme mit ihren Pfotenballen, und diese Tatsache bereitet mir ungute Gefühle. Die nächsten Teamdogs sind Meier und Dawson. Für beide Rüden ist es das erste große Rennen und sie sind meine jüngsten im Team. Dawson ist ein kräftiger Hund mit der Statur eines Bulldozers. Durch seine dunkle Zeichnung wirkt er auf Betrachter sehr bedrohlich. Dabei ist Dawson ein lammfrommer, verschmuster Hund. Ich bin gespannt auf seine Leistung im Team. "Herr Meier" ist ein Geschenk meines Freundes Thomas Gut. Der, als "Waldschrat" bekannte Musher, betreibt im bayerischen Wald eine Schlittenhundeschule. Gemeinsam träumen wir seit Jahren von einer Teilnahme am Iditarod und Yukon Quest. Ich weiß, dass wir uns eines Tages zusammen dieser Herausforderung stellen werden. Mir wurde sehr schnell klar, warum Thomas den Meier los haben wollte. Der langbeinige, hagere Meier ist der Unruhestifter wie er im Buche steht. Er zerstört Hundehütten und Futternäpfe, belästigt ohne Pausen die Hundedamen, und heult Nächte lang durch. Wenn man im Training versucht, seine Energie in sinnvolle Leistung zu wandeln, leugnet er strikt seine Abstammung vom Schlittenhund. Der kräftige Dawson und der hagere Meier wirken nebeneinander wie Dick und Doof.

Während Sonja die Brüder Smaks und Cornflake an ihre Plätze führt, versuche ich die Hunde zu beruhigen. Mittlerweile zerren und reißen meine Freunde an ihren Leinen. Sie können es kaum erwarten, nun endlich loszurennen. Smaks und Cornflake werden uns nur einen Teil des Rennens begleiten. Schon zu Beginn der Reise weiß ich, dass die beiden Rüden die gesamte Strecke nicht bewältigen können. Aber für viele Kilometer werde ich auf ihre gute Leistung zählen können. Diese Tatsache unterscheidet uns auch von den großen Kennels, die ihr Hundeteam für ein Rennen aus Hundert und mehr trainierten Hunden wählen können. In diesen Teams sind alle Hunde potentielle Finisher und Problemhunde kommen erst gar nicht zum Einsatz. Big Pack und Lines sind ebenfalls Brüder und fleißige Arbeiter. Das sind die größten und kräftigsten meiner Hunde, übernehmen die Position der Wheeldogs und laufen direkt vor dem Schlitten. Ich hoffe, dass sie mit ihrer konstanten Leistung, die sie im Training gezeigt haben, auch im Rennen eine Stütze des Teams sein werden.

Meine Startzeit rückt immer näher, aber wo bleibt nur mein Passagier Knut? Er wird doch hoffentlich anhand der Startnummern, die gut sichtbar an den Fahrzeugen angebracht sind, seinen Musher finden. Egal, ich habe keine Zeit mehr, ihn zu suchen, und wenn er nicht auftaucht, werde ich eben mit leerem Schlitten starten. Die Vorfreude meiner Hunde auf den bevorstehenden Lauf steigert sich von Minute zu Minute und es wird immer schwieriger, die vierzehn Huskies im Zaum zu halten. »Line out Frosty, ruhig Smaks«, rede ich auf meine laufhungrigen Freunde ein. Mit Argusaugen wacht Sonja darüber, dass sich Cornflake anständig benimmt. Er hat die schlechte Angewohnheit, in seiner Aufregung die Zentralleine anzuknabbern. Im vergangenen Jahr war ich deswegen gezwungen, kurz vor dem Start eine zweite Zugleine einzuziehen, um das Rennen nicht mit einer geflickten Leine fortzusetzen.

Obwohl ich nur leichte Fleecekleidung trage, bin ich schweißgebadet. Ein vor Kondition strotzendes Schlittenhundeteam zum Start vorzubereiten, ist Schwerstarbeit für Musher und Helfer. Ich schlüpfe in meinen Overall, ziehe mir die Mütze tief ins Gesicht und ziehe die dicken Handschuhe über. Das Timing ist perfekt, gerade fertig geworden tauchen die Starthelfer auf. »Du hast noch zehn Minuten, Startnummer 40 haben wir gerade ins Rennen geschickt, mache dich auf den Weg zur Startlinie. Und vergiss deine Startnummer nicht!« Wie vom Blitz getroffen, mit weit aufgerissenen Augen stehe ich da. Meine Startnummer, verdammt ich hab meine Startnummer vergessen. Sonja behält den Überblick und ruft mir zu: »Ruhig bleiben, Thomas, du hast in der Aufregung die Startnummer unter dem Overall an.« Dabei lässt sie die Hunde keinen Augenblick aus den Augen. Mit hektischen Bewegungen versuche ich die Startnummer unter der dicken Schicht Kleidung hervorzuholen. Ein junges Mädchen aus der Helfer Crew hat Mitleid mit mir und mit flinken Händen streift sie mir die Startnummer über den Kopf.

Nun ist es aber allerhöchste Eisenbahn. Ein erklärender Blick zu meinem Handler und ich öffne den "Panikschnapper" der Startleine. Mit der angestauten Energie der letzten Minuten springen die vierzehn Hunde in ihre Zugleinen. Meine vielen Starthelfer, sieben an der Zahl, allesamt kräftige Männer, haben alle Hände voll zu tun, diese Hundemeute unter Kontrolle zu halten. »Easy Jungs, easy«, versuche ich meine Teamkameraden zu einer für beide Seiten kraftsparenderen, Gangart zu bewegen. Eigentlich sollte ich wissen, dass dieses Vorhaben sinnlos ist und wohl ausschließlich meiner eigenen Beruhigung dient.
Mit beiden Beinen stehe ich auf der Krallenbremse und die beiden Stahldornen der Bremse reißen unter bedrohlich wirkenden Kratzgeräuschen, den gefrorenen Boden auf. Den Schneeanker halte ich für den Notfall in der rechten Hand bereit, obwohl ich mir sicher sein kann, dass ich mein Team, das sich im Startfieber befindet, alleine mit Schlittenbremse und Schneeanker nicht halten könnte. Sonja läuft vor den Leithunden her, und zusammen mit den routinierten Starthelfern steuern wir zwischen den Zuschauern ins Startareal.

Vor mir ist das Team des Mushers mit der Startnummer 51, der soeben gestartet ist. Nur noch zwei Minuten bis zum Start. Ein großer, hagerer Mann tritt zu mir an den Schlitten und spricht mich an. Ich bin jedoch so aufgeregt, dass ich nichts mehr um mich herum wahrnehme. Ich höre seine Worte nicht und blicke einfach durch ihn hindurch. Es könnte ein Reporter sein oder ein Zuschauer, oder - verdammt Knut! Mir fährt der Schreck in die Glieder. Knut, das ist Knut mein Passagier. Er hat am Start auf seinen Musher gewartet und ist sichtlich mit der Situation überfordert, dass ich nicht auf ihn reagiere. Ich packe ihn an der Schulter und zerre ihn in den Schlitten.

Während das Team langsam zur Startlinie vorzieht, stopfe ich Knut wie einen Mehlsack in den Schlitten. Die letzten Sekunden vor dem Start ist meine ganze Konzentration auf die Hunde gerichtet, die sich den Zuschauern von ihrer besten Seite zeigen. Sonja kniet bei den Leadern und flüstert ihnen beruhigend ins Ohr.
Über mir flattert ein weißes Transparent, auf dem in großen schwarzen Lettern steht: "Start Finnmarkslopet 2001."

*

Der Start

5-4-3-2-1-go! Exakt um 13.12 Uhr öffnet sich die automatische Startvorrichtung, in der ich meinen Schneeanker eingehakt habe und entlässt mich mit meinem Team in das Abenteuer Finnmarkslopet.

Eine Marathonjagd die uns die nächsten Tage und Nächte 1000 Kilometer durch die weiße Welt Nordnorwegens führen wird. Sonja klopft mir beim Vorbeifahren auf die Schulter und ruft mir lächelnd etwas zu, doch leider verstehe ich sie nicht mehr. Ich versuche verzweifelt, so cool und gelassen zu wirken, wie es wohl ein Zuschauer von einem Teilnehmer erwartet, der sich auf dieses Rennen begibt. In Wahrheit rast mein Herz wie Maschinengewehrfeuer und mit der Intensität eines Presslufthammers. Der spektakuläre Start ist sicher einer der schönsten Augenblicke dieser Veranstaltung. Wie schade, dass ich diesen Moment so wenig genießen kann. Meine ganze Aufmerksamkeit ist auf die Hunde und ihren Lauf gerichtet. Hoffentlich scheuen meine vierbeinigen Freunde nicht vor den Menschenmassen und ihren freudigen Zurufen. Jetzt aus Unachtsamkeit zu stürzen und das Team zu verlieren wäre eine peinliche Situation.
Mit Passagier Knut im Schlitten fliegen meine Hunde im gestrecktem Galopp aus dem Startareal. Vorbei an den vielen jubelnden Zuschauern, die uns zuwinken und eine

gute Reise wünschen, geht es zunächst auf einem leichten Trail über eine Strecke von zwanzig Kilometern zum Restart Sorrisniva. Entlang der ganzen Strecke stehen Zuschauer in Gruppen zusammen, und feuern uns freudig an. Schulklassen haben ihre selbstgebastelten Transparente ausgebreitet und winken mit kleinen Fähnchen. Sie vergleichen meine Startnummer auf ihrer Starterliste und rufen mir zu: »Good luck Thomas, you are welcome.« Die ehrlich gemeinte Herzlichkeit, die uns Mushern entgegengebracht wird, ist überwältigend.

Fast hätte ich vergessen, dass ich noch einen Mitfahrer im Schlitten habe. Knut sitzt regungslos im Schlitten, eingehüllt in warme Rentierfelle und gibt keinen Laut von sich. Ich beuge mich über den Handlebar zu meinem Fahrgast und frage ihn ob alles in Ordnung sei. »Ja, ja, alles in Ordnung«, seine Antwort. »Das hier ist einfach überwältigend. Ich habe mein ganzes Leben hier verbracht und fahre zum ersten Mal mit einem Schlittenhundeteam. Diese Fahrt ist großartig. Ich beneide dich Thomas, du musst ein glücklicher Mann sein.« Wie Recht er hat. In diesen Momenten könnte ich die Welt umarmen. Er hat mir die unsanfte Art, ihn im Schlittensack zu verstauen, anscheinend nicht übel genommen.
Als ich mich wieder aufrichte, erhalte ich die Quittung für diesen kurzen Augenblick der Unaufmerksamkeit. Im tiefen, weichen Schnee kippt der Schlitten in einer engen Kurve langsam zur Seite und meine Bemühungen, den Holzschlitten während der Fahrt wieder aufzurichten, scheitern, als sich Knut auf die falsche Seite legt und somit jede Steuermöglichkeit zunichte macht. In Seitenlage schlittern wir durch die Kurve und der kraftvolle Zug meiner vierzehn Hunde wird abrupt gestoppt, als wir in eine Schneewehe geschleudert werden. Knut sieht aus, als sei er in eine Lawine geraten und findet das ganze

Manöver einfach großartig. Am Brushbow zerre ich den Schlitten aus dem Schneehaufen auf den befestigten Trail und bin froh, dass wir bei dieser peinlichen Aktion keine Zuschauer hatten. Auch wenn der Schlitten mit einem Fahrgast nicht optimal zu steuern ist, durchfahren wir die folgenden Kurven problemlos. Nach drei Kilometern durch Ufergehölz erreichen wir den Alta-River. Auf dem gefrorenen Fluss nehmen wir Kurs in Richtung Sorrisniva.

*

Sorrisniva, der Restart

Lautes Hundegebell in der Ferne deutet an, dass wir uns dem Restart nähern. Als wir um die nächste Flussbiegung laufen, sind bereits die ersten wartenden Teams zu erkennen. Wir werden von Helfern in Empfang genommen und in der Reihenfolge unserer Ankunft an unseren "Parkplatz" gewiesen. Während ich das Team an einem, ins Eis gerammten Holzpflock befestige, sehe ich Sonja bei meinem Rennschlitten am Ufer stehen. Ich kann es kaum glauben, dass sie bereits hier ist. Kurz nachdem ich in Alta gestartet bin, hat sie es geschafft, den LKW aus der Reihe der geparkten Musherfahrzeuge zu befreien und als einer der ersten Handler hier am Restartgelände anzukommen. Ich bewundere wirklich, wie sie als Frau diese Aufgaben meistert.

Bei langen Rennen einen Musher zu handeln ist keine leichte Aufgabe. Bei widrigsten Straßen- und Wetterverhältnissen wird sie ihrem Rennteam mit einem Ungetüm von Lastwagen von Checkpoint zu Checkpoint folgen. Sie wird uns in den Checkpoints empfangen und dafür Sorge tragen, dass ich meine Depotsäcke, Stroh und Wasser für die Hunde schnell finde. Hunde, die ich aus dem Rennen nehme, und im Checkpoint zurück lasse, wird sie in ihre Obhut nehmen. Sie wird versuchen, mir Nahrung einzuflössen, meine nasse Kleidung trocknen, Informationen über das Wetter und die Konkurrenz einholen. Sie wird mich motivieren und mir Mut zusprechen, wenn ich müde und erschöpft sein werde. Als Handler wird sie die nächsten Tage und Nächte ebenfalls kaum schlafen und alles in ihrer Macht stehende tun, dass ich mit meinen Hunden das Ziel in Alta erreiche. Und am Ende wird Sonja als Handler ihre eigene Geschichte erzählen können, ihr eigenes Abenteuer.

Knut befreit sich aus seinem Schlittentaxi und wünscht uns viel Erfolg auf unserer Reise. Die kommenden Tage wird er vom Büro aus via Internet sein persönliches Schlittenhundeteam verfolgen.

*

Nun beginnt das lange, nervenzermürbende Warten auf die Weiterfahrt. Nach zwei Stunden, gerechnet von der Startzeit in Alta, dürfen die Teams wieder auf den Trail. Diese ersten Kilometer zum Restartgelände haben noch keinen Renncharakter. Sie dienen mehr der Präsentation des Rennens in der Öffentlichkeit und der Presse. Vorsichtshalber sichere ich das Hundeteam mit einem Schneeanker am Schlitten und zusätzlich bei den Leithunden. Dann stapfe ich in Richtung Ufer. Sonja kommt mir auf halbem Weg entgegen.
»Wie geht es euch? Die Hunde machen einen ruhigen Eindruck!«
»Ja, ich bin zufrieden, wenn ich da an den Stress im letzten Jahr denke.« Im vergangenen Jahr war die Pause im Restart die reinste Hölle. Viele meiner Hunde konnten nicht begreifen, dass wir schon nach zwanzig Kilometern eine Pause machen sollten und haben bis zur Weiterfahrt einen wilden Veitstanz aufgeführt. Damals dachte ich, wir verpulvern schon am Restart unsere ganze Energie. Die Hunde zerrten wie besessen an den Leinen, und ich fand keine Möglichkeit, das Team zu beruhigen. Bei den

Sprint- und Mitteldistanzrennen, an denen wir bisher teilgenommen hatten, gehörten Pausen ganz einfach nicht dazu, und somit hatten wir das "Pause machen" auch nie trainiert. Ich habe dazugelernt und mein Training diesbezüglich geändert. Mit Erfolg, wie ich stolz feststellen kann. Die Hunde stehen an ihrem Platz, einige liegen eingerollt im Schnee und warten ruhig auf die Weiterfahrt. Sie wissen, dass sie noch viel Gelegenheit haben werden, ihren Laufdrang zu befriedigen. Ich schiebe den vollgepackten Rennschlitten durch knöcheltiefen Schnee zu unserem Parkpfosten. Der Schlitten hat eine Länge, auf der man bequem schlafen könnte, und randvoll bepackt hat er ein beachtliches Gewicht. Ich muss mich ganz schön gegen den Handlebar stemmen, um den Schlitten in Bewegung zu setzen. Wenn ich daran denke, welche Leistung meine Hunde vollbringen, indem sie diese Last 1000 Kilometer über Berge, durch Täler und Flüsse ziehen werden, erscheint mir meine Mithilfe geradezu lächerlich. Sonja begleitet mich, bleibt aber auf Distanz. Während des Rennens ist für die Musher jede Hilfe von außen strengstens untersagt und führt zur Disqualifikation.

*

Der Passagierschlitten wird nun gegen den Rennschlitten ausgetauscht und alle Leinen wieder gut befestigt. Während ich bei einigen Hunden verlorengegangene Booties ersetze, nutzt die Rennorganisation die Zwangspause zur Kontrolle des Teams und des Schlittens. Mein Schlitten wird von zwei Offiziellen begutachtet, die auch meine Pflichtausrüstung auf Vollständigkeit überprüfen. Ein Schlafsack für arktische Temperaturen, ein Zelt oder Extrembiwaksack, Kompass und Landkarten, Axt, Signalpistole mit genügend Munition für Notfälle, Erste Hilfe Set, Kocher und Sprit, genügend Futter für die Hunde und Nahrungsmittel für den Musher, einen kompletten Satz Ersatzkleidung, zwei Stirnlampen und Ersatzbatterien, Sturmstreichhölzer, ausreichend Booties für die Hundepfoten und eine Schaufel, um sich im Sturm eingraben zu können. Selbstverständlich habe ich alle Ausrüstungsgegenstände im Schlitten. Als Rookie findet man diverse Ausrüstungsgegenstände als übertrieben und überflüssig. Doch schon bald erkennt man, dass diese Utensilien nicht unnötiger Ballast sind, sondern überlebensnotwendig sein können.

Im Verlauf des Rennens werden die Teams noch mehrmals auf ihre Pflichtausrüstung kontrolliert werden. Nun werden noch die Hunde auf ihre Chipnummern überprüft. Zur Identifikation werden den Schlittenhunden kleine Mikrochips mit einem Nummerncode unter das Fell gesetzt. Wie bei einer Impfung wird der Chip mit einer Spritze unter die Haut gespritzt. Das ist für den Hund völlig schmerzfrei. Diese Art der Kennzeichnung, ersetzt das unangenehme Tätowieren der Hundeohren, wie es früher üblich war. Mit einem elektronischen Lesegerät, das über den Hund gehalten wird, kann diese Nummer abgelesen werden. Die Helfer vergleichen die angezeigten Nummern mit denen auf ihren Listen. Jeder Teilnehmer des Rennens muss vor dem Start eine Auflistung seiner Hunde im Team mit Namen und Chipnummer abliefern. Anhand dieser Liste kann in den Checkpoints kontrolliert werden, ob während des Rennens Hunde ausgetauscht wurden. Praktisch ist dies zwar kaum möglich, da man sich auf dem Trail nur unter größten Anstrengungen mit einem Komplizen zum Hundetausch verabreden könnte. Da aber der Ehrgeiz und der Erfolgsdruck bei manchen Teilnehmern zu unglaublichen Einfällen führen kann, werden diese Kontrollen sehr ernst genommen. Ein Verstoß

würde die sofortige Disqualifikation zur Folge haben. Die Kontrolle meiner Hunde und der Ausrüstung hat zu keiner Beanstandung geführt, und ich erhalte die Erlaubnis, den Restart um 15.20 Uhr zu verlassen.
Alle Vorbereitungen zur Weiterfahrt sind getroffen, und es gibt keinen Grund, länger als gefordert zu bleiben. Ich signalisiere den Zeitnehmern mein Vorhaben und langsam steuere ich mein Team an den parkenden Mitstreitern vorbei auf den Trail. Nun wird es ernst!

*

Von Sorrisniva nach Joatka

Der Trail führt uns noch 500 Meter flussaufwärts, bis wir in einer 90-Grad-Kurve auf die Uferböschung schwenken. Bereits zu Anfang dieser Etappe treffen wir auf einen steilen Anstieg, den wir über die kommenden drei Kilometer zu überwinden haben. Der durch dichten Wald führende Hohlweg hat gerade Mal Schlittenbreite. Für die Dauer des Anstieges ist auf diesem engen Pfad an ein Überholmanöver nicht zu denken. Wie an einer Perlenkette aufgereiht schlängeln sich die Teams durch die schmalen Windungen des Trails.

Auf den ersten Kilometern laufen die Hundegespanne in größeren Gruppen und immer auf Sichtweite, erst im späteren Rennverlauf wird sich das Teilnehmerfeld auseinander ziehen. Während das Siegerteam nach fünf Tagen die Ziellinie überquert, werden die Schlusslichter des Rennens noch zwei weitere Tage der arktischen Kälte ausgeliefert sein und vom Zieleinlauf träumen.

In den ersten Minuten nach dem Restart ist der Zug meiner Hunde noch kraftvoll. Ihr Vorwärtsdrang ist nicht zu bremsen, und ich überlasse ihnen Tempo und Laufrhythmus.
In den engen Kurven verdecken mir Bäume und Sträucher die Sicht auf meine Leader und die ersten sechs Hunde meines Gespanns. Da ich den Verlauf der Strecke

nicht einsehen kann, muss ich mich auf meine Leithunde blind verlassen. Die Führungshunde Frosty und Shari genießen sichtlich dieses Vertrauen ihres Mushers und führen ihre Teamkameraden sicher durch die heiklen Passagen.

*

Plötzlich stoppt das Gespann abrupt und nur im letzten Moment kann ich verhindern, dass ich mit dem Schlitten auf meine Wheeldogs auffahre, indem ich in eine tiefe Schneewehe am Wegrand steuere. Den Grund für diesen unerwarteten Stopp kann ich nicht erkennen, da zwei Drittel meines Schlittenhundegespanns durch das Gebüsch in einer Kurve verdeckt sind. Schnell setze ich einen Schneeanker in den lockeren Schnee und zwänge mich an den Hunden vorbei nach vorne. Das darf doch nicht wahr sein! Ich traue meinen Augen nicht. Der Grund für diese unfreiwillige Unterbrechung unserer Reise ist ein Schneemobil. Anscheinend mit Motorschaden liegengeblieben blockiert dieses Gefährt den ohnehin schon engen Trail.

Frosty und Shari, meine verlässlichen Leithunde, stehen im Abstand von zwei Metern vor diesem Hindernis. Noch verhält sich der Rest des Teams ruhig und nutzt diese unfreiwillige Pause zum Verschnaufen. Aber schon in wenigen Sekunden werden sie tobend und vorwärtsdrängend an den Leinen zerren. Ich kann fast sicher sein, dass der Schneeanker in diesem weichen Schnee nicht greifen wird. Die Folgen sind leicht auszumalen und dann ist schnelles Handeln angesagt.

Die beiden Fahrer des Snowscooter sind mit der Situation sichtlich überfordert und stampfen hektisch um ihr defektes Fortbewegungsmittel. Vor wenigen Minuten hat vermutlich der Motor, wegen Überlastung, in diesem Steilstück, den Geist aufgegeben. Es macht den Eindruck, als hätten die beiden Spezialisten von ihrem motorisierten Gefährt so viel Ahnung wie ich vom Kuchenbacken, nämlich gar keine. Wie besessen ziehen und zerren sie am Lenker, anscheinend mit der Absicht, diesen Schrotthaufen vom Trail zu schaffen. Ohne Motorhilfe bleibt diese Bergungsaktion im tiefen Schnee jedoch ein hoffnungsloses Unterfangen.

Je länger ich auf eine Lösung warte, umso heftiger wird das Drängen meiner Hunde und umso gefährlicher die Situation. Ich werde das Gespann langsam an diesem Hindernis vorbei steuern und den Schlitten zur Seite kippen. Auf einer Schlittenkufe fahrend verringere ich die Spurbreite und das könnte genügen, um vorbeizukommen. Garniert mit grausamen Flüchen und Beschimpfungen teile ich den beiden Verursachern mein Vorhaben mit. Schnell stampfe ich einen Trampelpfad, am Skido vorbei, durch den tiefen Schnee am Wegrand. Eilig haste ich wieder zurück zum Schlitten und mit dem Kommando: »Go Frosty, go Shari, haw vorbei, haw vorbei«, leite ich meine Leithunde links am Hindernis vorbei.

Die ersten acht Hunde im Gespann haben die Engstelle bereits passiert, als einer der Männer mit ausgestreckten Armen auf meine Leithunde zustürzt. Vermutlich mit der guten Absicht die Hunde am Halsband zu fassen und sicher vorbei zu führen. Doch aus der Perspektive eines Hundes wirkt diese Gestik eher bedrohlich. Trotz wildem Gestikulieren und lauten Zurufen kann ich das Schlimmste nicht mehr verhindern. Verängstigt durch die fremde Gestalt schrecken die Hunde zurück und mit einem Satz drehen sie das Team nach rechts, über das Schneemobil drüber, und suchen den Weg nach unten. Die Zugleine mehrmals um den Lenker gewickelt, verheddern sich meine Huskies heillos in ihren Leinen. Ihre panischen Versuche, sich aus diesem Gefängnis zu befreien, machen die Situation nur noch schlimmer. Nach wenigen Augenblicken sind sie in ihren Zuggeschirren und Leinen gefangen wie ein Fisch im Netz.

Der Skidofahrer ist sich seines Fehlverhaltens kaum bewusst und ich schreie die beiden mit Mörderblick und wutentbrannt an, sich nicht mehr zu bewegen. Ich befehle ihnen ihre Hände in die Hosentaschen zu stecken. Sollte es einer wagen, sie noch einmal rauszuholen, werde ich ihn mit den Füßen an den Schlitten binden und 1000 Kilometer bis ins Ziel schleifen. Ich bin sicher, die beiden haben keines meiner Worte wirklich verstanden, doch mein Tobsuchtsanfall lässt die beiden Männer wie Salzsäulen erstarren.

Ich streife mir die Handschuhe von den Händen und öffne sofort alle Schnapper der Tuglines. Die Leithunde binde ich mit einer kurzen Leine am Skido fest, um einer großen Gefahr in dieser Situation vorzubeugen. Die Zentralleine könnte um den Hals oder ein Bein eines Hundes gewickelt sein, und würden die Leithunde die Zentralleine plötzlich straffen, könnte der Leinenzug den Hund zu Tode strangulieren oder seine Beine brechen. So schnell ich kann, entknote ich dieses Knäuel aus Hundeleibern und hoffe, dass diese Aktion keine Verletzungen hinterlässt.

Lautes Hundegebell kündigt weitere Gespanne an, die vermutlich im Konvoi hinter mir warten, und deren Musher ebenfalls Probleme haben, ihre Hunde im Zaum

zu halten. Die breite Schneise, die wir am Skido vorbei in den Tiefschnee gewalzt haben, wird es ihnen hoffentlich erleichtern, diese Wegelagerer zu überholen.
Nach fünfzehn Minuten Sisyphusarbeit steht das Gespann mit entwirrten Leinen zur Weiterfahrt bereit. Nach einer ersten Kontrolle kann ich keine Verletzungen bei meinen Kameraden feststellen, und mir fällt ein Stein vom Herzen. Die beiden Männer entschuldigen sich ständig für diese blamable Vorstellung, und ich glaube, sie haben schon panische Angst vor den Gespannen die noch folgen.

*

Wir Rennteilnehmer haben natürlich keinen Anspruch diese Wege als einzige Verkehrsteilnehmer zu nutzen, trotzdem ist diese missliche Situation nicht erfreulich. Kaum auszudenken, dass dieser Vorfall wenige Kilometer nach dem Start, bereits das Ende unserer Abenteuerfahrt hätte bedeuten können.

Auf unserer langen Reise durch die Finnmark werden wir noch viele Trailbegegnungen haben. Die Wege auf denen wir uns bewegen, werden lediglich in den unwegsamen Bergen und auf den Flüssen für uns präpariert. Dabei fährt ein Schneemobil voraus und kennzeichnet den Trail mit zwei Meter hohen Markierungsstangen, die mit Leuchtreflektoren oder bunten Markierungsbändern versehen sind. In diesem endlos weißen Meer, ist ein rotes oder gelbes Markierungsband, dieser intensive Farbklecks, wie ein Leuchtturm für die Musher.
Die überwiegende Strecke nutzen wir sogenannte Snowmobile-Tracks und Winterroads, das sind festgelegte Wege, die als solche auch in den Landkarten eingezeichnet sind. Im Winter sind diese Tracks, die nur

mit Schneemobilen oder Hundeschlitten zu befahren sind, die einzige Verbindungsmöglichkeit im hohen Norden.

Die Schneemobile, auch Motorschlitten, Skido oder Snowscooter genannt, sind im Schnee das schnellste Fortbewegungsmittel. Die Skandinavier lieben das Fahren mit diesen Geräten, es ist vergleichbar mit Motorrad fahren. Leider machen diese Dinger auch einen Höllenlärm und verbreiten einen scheußlichen Benzingestank. Doch die Norweger fahren nicht nur zum Spaß, sie fahren damit zur Arbeitsstelle und erledigen auf diese Weise die Einkaufsfahrten. Die Samen treiben mit den PS-starken Skidos im Winter ihre Rentierherden zusammen. Angetrieben werden sie durch eine breite Raupenkette, die beiden Schlittenkufen lenkt man über einen Motorradlenker.

Und das erste Schneemobil dem wir auf dem Trail begegneten, hätte es fast fertig gebracht, uns auf den ersten Kilometern aus dem Rennen zu kicken.

*

Wir setzen unseren Lauf fort, und am Gebell der Hunde hinter uns kann ich erahnen, dass bereits das nächste Team auf den liegengebliebenen Motorschlitten gestoßen ist. Leider habe ich keine Möglichkeit, meinen Mitstreitern zu helfen, da der Trail keine sichere Gelegenheit bietet, um das Gespann gefahrlos zu parken.

Erschöpft und mit weichen Knien stehe ich auf den Schlittenkufen. Diese Aktion hat mich sehr viel Energie gekostet. In all der Hektik und Aufregung muss mein Körper wohl eimerweise Adrenalin produziert haben, denn mein Herz rast mit einer bedrohlichen Schlagfrequenz. Ich habe das Gefühl, mein Herzmuskel ist auf Melonengröße angeschwollen und lässt meinen Lungen keinen Platz mehr, um Sauerstoff zu tanken. Zum Glück habe ich auf den folgenden Kilometern und leichtem Trail die Aussicht auf Erholung. Auch für meine Hunde war dieses Negativerlebnis ein unnötiger Kräfteverschleiß und ich hoffe, dass ich durch einen gleichmäßigen, rhythmischen Lauf wieder Ruhe ins Gespann bringen kann.

Auf weichen, tiefen und teils abschüssigen Trails durchqueren wir ein kleines Tal und treffen auf den zweiten steilen Streckenabschnitt auf dieser Etappe. Über mehrere Kilometer zieht sich der Anstieg stetig bergauf und erschreckt uns von Zeit zu Zeit mit kurzen steilen Passagen. Bei diesen langen Anstiegen laufen zwei Gespanne in Sichtweite vor uns. Der Jagdtrieb spornt meine Hunde an, das Huskyrudel vor uns einzuholen. So lässt uns ihr kraftvolles Ziehen diese Bergpassage leicht überwinden. Nur in den steilsten Streckenabschnitten springe ich von den Kufen und laufe, den Schlitten am Handlebar schiebend, die wenigen Meter mit.

Die Bergfahrt führt uns auf ein Hochplateau. Verschwitzt durch das Mitlaufen und das Pedalen in der soeben bezwungenen Auffahrt, lässt mich die leichte Brise die über diese Ebene bläst, frösteln. In der beginnenden Dämmerung verraten vereinzelte Lichter an einem Hang rechts von uns eine kleine Ansammlung von Wochenendhütten. Entlang der Straße, die zu dieser Siedlung führt, sind einige Wohnwägen und Camper zu erkennen. Die Besitzer verbringen wohl ihr Wochenende in den Bergen und nutzen diesen Ort als Ausgangspunkt für Skitouren. Während sie in ihren wohlig warmen Behausungen sitzen und am Kaminfeuer heißen Glühwein genießen, werden wir uns die ganze Nacht, in der Kälte durch den Schnee kämpfen. Wenn die ersten Wochenendurlauber ihren Frühstückskaffee kochen, werden wir im 170 Kilometer entfernten Checkpoint Skaidi unser erstes Pausenlager errichten. Trotzdem könnte mich kein Umstand dieser Welt dazu bewegen, mit ihnen zu tauschen.

Durch den starken Skidoverkehr der tagsüber hier herrscht, profitieren wir von einem hartgepressten, autobahnbreiten Trail.

Wir überqueren das Plateau und einen kleinen Bergsee und erreichen um 18.05 Uhr den Checkpoint Joatka. In Joatka sind 60 Kilometer der Strecke zurückgelegt. Als ich den Kontrollpunkt erreiche, herrscht bereits reges Treiben. Ich kann zehn Gespanne zählen, die über das Gelände verteilt parken. Innerhalb einer Stunde treffen alle Gespanne des Teilnehmerfeldes im ersten Checkpoint ein. Nur eine Hand voll Musher begeben sich, nachdem sie ihr Eintreffen beim Zeitnehmer mit ihrer Unterschrift bestätigt haben, sofort wieder auf die Strecke. Vermutlich passt der Pausenzeitpunkt nicht in ihren Laufrhythmus oder sie wollen vermeiden, dass die Hunde durch die anderen Gespanne abgelenkt werden. Aber auch sie brauchen die Pausen und höchstwahrscheinlich werden die Musher ihre Gespanne nach einigen Kilometern abseits des Trails pausieren lassen.

Ich werde in diesem ersten Kontrollpunkt von einem der Zeitnehmer empfangen. Er notiert meine Ankunftszeit auf seiner Liste und fordert mich auf, meine Unterschrift daneben zu setzen. Erst dann, führen mich Helfer an meinen zugewiesenen Rastplatz. Mein Rennplan sieht vor, dass ich im Checkpoint Joatka die Hunde füttere und eine Stunde Rast einlege. Ich bedanke mich bei jedem meiner fleißigen Teamkameraden mit einem großen Stück gefrorenem Pansen. Während meine Freunde genüsslich an ihrem Leckerbissen kauen, stapfe ich mit einem Kanister ausgerüstet an einen Bachlauf. Durch das ins Eis geschlagene Loch schöpfe ich zehn Liter Eiswasser in meinen Behälter. In wenigen Minuten wird das Wasser auf meinem Spezialkocher erhitzt sein und ich werde meinen Hunden eine warme Fleischmahlzeit servieren. Mein Landsmann Bernhard Schuchert lagert mit seinem Team nur wenige Meter entfernt. Während wir beide das Hundefutter brutzeln, wechseln wir ein paar aufmunternde Sätze.

Schon wenige Minuten nach unserem Eintreffen im Checkpoint beginne ich die warme Mahlzeit an meine Hunde zu verteilen. Lustlos tauchen sie ihre Schnauzen in das Hundefutter und lecken ihre Nasen, aber keiner frisst auch nur einen Bissen. Vermutlich hat ihnen der gefrorene Pausensnack genügt. Ich fülle das Futter in den Cooler, dort wird es die nächsten Stunden warm bleiben. Auf der bevorstehenden Etappe nach Skaidi ist ohnehin eine längere Futterpause geplant, dann werde ich es erneut anbieten. Ich kontrolliere die Pfoten auf Eiskristalle zwischen den Zehen und ersetze die verlorengegangenen Booties. Nachdem ich den Kocher wieder im Schlitten verstaut habe, genehmige ich mir einen wohltuenden Schluck heißen Kaffees aus der Thermoskanne.

Es wird von Minute zu Minute dunkler, schon bald werden wir im Schein der Stirnlampe nur noch wenige Meter des Trails vor uns ausleuchten können. Um einen unnötigen Stopp zu vermeiden, habe ich mir meine Kopflampe bereits aufgesetzt. Eine Ersatzlampe und Ersatzbatterien finde ich, wenn nötig, griffbereit in der Außentasche am Schlittensack.

Der Zeitnehmer hat meine Absicht, den Checkpoint zu verlassen, erkannt und steht schon mit seinem Klemmbrett in der Hand bereit.
»Wo kommst du her?«, spricht er mich an.
»Aus Deutschland, da ist es jetzt 30 Grad wärmer«, ist meine Antwort.
»Ihr werdet die nächsten Tage gutes Wetter haben, das ist gut für dich. Ich wünsche dir alles Gute, wir sehen uns auf der Party nächsten Samstag.«
In einer Woche wird um diese Zeit die Siegerehrung stattfinden mit der Big-Party von der er spricht. Ich hoffe, dass ich rechtzeitig zur Siegerehrung in Alta ankomme. Nicht selten kämpfen sich noch Teams in Richtung Ziel, während die Siegesparty schon in vollem Gange ist. Ich denke, es gibt nichts entmutigenderes für einen Rennteilnehmer, als die Gewissheit, dass bereits ausgelassen gefeiert wird. Und selbst strebt man noch auf die Ziellinie zu. Er notiert unsere Pausenzeit von fünfzig Minuten in seinen Unterlagen und schickt uns um 18.55 Uhr auf die Piste.
»Have a nice race, Thomas.«
Die Hunde stemmen sich in ihre Geschirre. Mit einem kräftigen Ruck strafft sich die Zugleine und setzt den Schlitten in Bewegung.

*

Von Joatka nach Skaidi

Vor uns liegen 110 Kilometer über leichtes, ebenes Gelände. Das Streckenprofil stellt keine großen Ansprüche an die Schlittenfahrkünste der Musher. Stunde um Stunde, Kilometer um Kilometer, ziehen die Hundegespanne durch diese weiße Einöde. Das rhythmische Hecheln der Hunde und das gleichmäßige Gleitgeräusch der Schlittenkufen verschmilzt zu einer Melodie. Es wird lediglich durch die Stampfgeräusche der Schlittenhundeführer unterbrochen. Durch das Pedalen halten sie den Schlitten in gleichförmigem Tempo. Es ist, als würde man in Trance fallen. Man hat das Gefühl, als könne man bis ans Ende der Welt laufen. Mensch, Tier und Natur verschmelzen zu einer Einheit. Es ist einer der Momente, welche die Faszination dieses Sports ausmachen. Sie rechtfertigen den Mushern all die Arbeit, Hindernisse und Strapazen, um an diesem Abenteuer teilzunehmen.

*

Völlig überraschend höre ich hinter mir das Hecheln arbeitender Hunde. Ich drehe mich um und erkenne im Lichtstrahl meiner Kopflampe Roger Dahl, einen der Favoriten dieses Rennens. Er signalisiert mir, nicht stehen zu bleiben und meinen Lauf fortzusetzen. Für die nächste halbe Stunde laufen wir zusammen. Rogers Team folgt

uns im Abstand von wenigen Metern. Nach einigen gemeinsam zurückgelegten Kilometern entscheidet sich Roger doch, mich zu überholen und ruft mir laut »Trail« zu. Mit der Bremsmatte am Schlitten verlangsame ich den Lauf meiner Hunde. Ich muss meinen Huskies kein Kommando erteilen, sie wissen selbst, dass wir nun überholt werden und ziehen an den rechten Rand des Trails. Zügig schiebt sich das Team von Roger an uns vorbei. Er ruft mir noch zu:
»Lass' deine Hunde nicht zu schnell laufen, Thomas. Es ist noch ein weiter Weg bis ins Ziel!«
Meine Antwort kann er schon nicht mehr hören, denn als hätte er einfach einen Gang höher geschaltet, vergrößert sich unser Abstand innerhalb weniger Sekunden. Ich habe den Eindruck, als würden wir stehen. Unglaublich, welches Tempo die Hunde dieses erfahrenen Mushers vorgeben. Ich bin mir sicher, dass Roger Dahl mit diesem Team Anspruch auf einen der vorderen Plätze haben wird.

Roger weiß, dass ich als Neuling auf diesem Rennen keine Chancen auf eine Platzierung auf die vorderen Ränge haben werde. Das Gespann sicher über die Distanz zu bringen und als Musher zu lernen, in dieser arktischen Region zu bestehen, wird für mich vorrangig sein. Um eines Tages um Platzierungen zu kämpfen, bedarf es noch einiger weiterer Teilnahmen an diesem Rennen.

Am Anfang der Rennstrecke liegen die Teams noch alle eng beieinander, und Überholmanöver sind häufig. Nach einer Pause auf dem Trail, sind die Hunde wieder energiegeladen und schon nach kurzer Zeit hat man seine Konkurrenten eingeholt und setzt selbst zum Überholen an. Ich muss höllisch aufpassen, mich bei all diesen Überholmanövern nicht zu schnellerem Tempo hinreißen zu lassen. Ich werde meiner Grundregel für dieses Rennen treu bleiben und das Rennen ruhig und schonend für die Hunde angehen.

Der Abstand zu Rogers Gespann wird schnell größer. Schon bald kann ich den Schein seiner Stirnlampe nur noch als winzigen Lichtpunkt ausmachen. Hinter uns blinken immer wieder die Kopflampen unserer Verfolger auf. Es ist ein beruhigendes Gefühl, hin und wieder auf ein Gespann zu stoßen. Bereits nach wenigen Checkpoints wird das Teilnehmerfeld so weit auseinander gezogen sein, dass jeder den überwiegenden Teil der Distanz einsam auf dem Trail zurücklegen wird.

*

Meine Entscheidung, das Finnmarkslopet zu laufen, fiel vor zwei Jahren. Im vergangenen Jahr hatte ich bereits an diesem Rennen teilgenommen, musste aber damals in Levajok nach 480 Kilometer aufgeben.

Nachdem ich lange Jahre in der Sprintszene auf schnellen Kurzstreckenrennen Erfahrungen gesammelt hatte, suchte ich nach neuen Herausforderungen. Ich träumte von Langstreckenrennen wie dem Iditarod, Yukon Quest oder Finnmarkslopet. Der Hundetyp bei langen Rennen, bei denen die Hunde ausdauernd und kräftig sein müssen, unterscheidet sich jedoch sehr stark von Sprinthunden. Diese machten damals den überwiegenden Teil meines Kennels aus. Nur wenige Hunde konnte ich zu diesem Zeitpunkt auch auf längere Distanzen einsetzen. Da meine Hunde keine Sportgeräte sind, die man einfach in die Ecke stellt, hatte ich beschlossen, nach und nach, immer wenn ein Sprinthund aus Altersgründen aus dem

Rennteam fällt, diesen durch einen Langstreckenhund zu ersetzen.

Um die Hunde an längere Etappen zu gewöhnen, wechselte ich auf Mitteldistanzrennen. Mehrmals stellten wir uns erfolgreich dem Alpentrail, dem längsten Mitteldistanzrennen Europas. Nach dieser mehrmonatigen Umstellungszeit hatte ich ein Team aus Langstreckenhunden aufgebaut, dem es möglich war, sich der Herausforderung eines großen Rennens zu stellen.

Aus unerfindlichen Gründen kam ich aber nicht vom Fleck. Ich hatte das Gefühl, auf der Stelle zu treten. An den kurzen Wochenendrennen hatte ich keinen Spaß mehr. An die Rennveranstaltungen mit den großen Namen traute ich mich nicht so richtig ran. Es bedurfte einer einschneidenden Erfahrung, um mich endlich aktiv werden zu lassen.

Begonnen hatte alles mit Kopfschmerzen. Ich wachte morgens mit Kopfschmerzen auf und ging abends mit Kopfschmerzen ins Bett. Dazu fühlte ich mich immer öfter müde und ausgebrannt. Anfänglich hatte ich diesen Symptomen keine große Bedeutung zugemessen. Ich arbeitete damals fast täglich zwischen zwölf und sechzehn Stunden. Dazu kamen die üblichen Probleme eines vor kurzem gegründeten Fitness- und Wellnessunternehmens. Neben meiner anspruchsvollen Tätigkeit als Physiotherapeut, die mir alles abverlangte, hetzte ich von einem Geschäftstermin zum anderen. Vom Steuerberater eilte ich zur Bank und während ich mit dem Rechtsanwalt Verträge erörterte, sollte ich eigentlich schon beim Notar erscheinen. Ich nahm meine Erschöpfungszustände, den Umständen entsprechend, als normal hin.

Als ich mich nach einem weiteren arbeitsreichen Tag mit extremen Kopfschmerzen ins Auto setzte und nach Hause fuhr, wurde ich plötzlich unglaublich müde. Ich schaffte es gerade noch, mein Auto in eine kleine Nebenstraße zu steuern und abzustellen. Auf einen Schweißausbruch und Schüttelfrost folgte Muskelzittern am ganzen Körper. Zwei Stunden später erlangte ich das Bewusstsein wieder. Geschäftstermine hin oder her, der Gang zum Arzt war nun unvermeidlich geworden. Doch was dann begann, war eine unbeschreibliche Odyssee.

Mit der Empfehlung der Ärzte etwas kürzer zu treten, konnte ich verständlicherweise nichts anfangen. Ich bestand auf einer genauen Untersuchung. Bis auf Kinderarzt und Gynäkologen habe ich so ziemlich alle Fachrichtungen ausprobiert. So vielfältig wie die Untersuchungsmethoden, die ich über mich hatte ergehen lassen, waren am Ende auch die Diagnosen. Ich möchte die Diagnosen im Einzelnen nicht aufzählen, aber es war schon verdammt abenteuerlich. Vom banalen Erschöpfungszustand bis hin zum Hirntumor waren alle möglichen "Schätzungen" vorhanden.

Inzwischen hatte ich gelernt, mit meinen Symptomen zu leben. Nach einer Phase mehrtägiger Kopfschmerzen, bei denen ich jeden Augenblick darauf gefasst war, dass meine Schädeldecke in tausend Einzelteile explodiert, folgte eine noch längere Phase starker körperlicher Erschöpfung mit unerträglichen Gliederschmerzen.

Weder meiner Lebensgefährtin noch Freunden vertraute ich mich an. Doch der tägliche Leistungsdruck als Unternehmer hundertprozentig fit zu sein, ließ mich einen weiteren Diagnostiker aufsuchen. Durch die Empfehlung einer Freundin wurde ich auf einen Mediziner aufmerksam, den ich in meine Sammlung mit aufnahm. Da ich verwandte Symptome wie die erkrankte Freundin auszuhalten hatte, vermutete ich einen ähnlichen Krankheitsverlauf. Nachdem eine weitere Serie von Untersuchungen über mich ergangen war, hatte ich mit diesem Arzt ein abschließendes Gespräch, welches mein Leben in neue Bahnen lenkte.

Ich kann mich noch gut an seine Worte erinnern. »Herr Hoffmann, eine eindeutige Diagnose zu stellen, ist schwer, da diese Erkrankung leider noch zu wenig erforscht ist. Sicher ist jedoch, dass es zwei Verlaufsformen gibt, bei denen eine Form innerhalb von drei Monaten zum Tod führt, während man bei der zweiten Verlaufsform eine Lebenserwartung von weniger als drei Jahren erwarten kann. Ich empfehle ihnen, mit sich und ihrer Familie ins Reine zu kommen. Wenn sie wollen, erhalten sie jederzeit auch psychologische Hilfe.«

Mein erster Gedanke, nachdem ich diese Worte aufgenommen hatte, war: »So bringt man also jemandem bei, dass er nicht mehr lange zu leben hat.« In diesem Augenblick war ich völlig klar und gefasst, ich hörte die Worte, und die Situation war sofort real. Ich fuhr nach Hause, und die folgenden Tage verliefen in gewohnter Routine.

Nun hatte man also auch noch eine Tropenkrankheit in meine Akte aufgenommen, und wie ich erfahren musste, gibt es da bei einigen recht grausige Verlaufsformen.

Nachts wurde ich wach und versuchte vergebens, mir eine Strategie auszudenken, es den Personen, die mir nahe stehen zu erklären. Wie würden sie wohl reagieren, sollte ich ein Testament machen, wäre es sinnvoll, sie überhaupt zu informieren?

In den folgenden Wochen wurden meine Muskel- und Gliederschmerzen immer unerträglicher. Leichteste Berührungen ließen mich vor Schmerzen zusammenzucken. Neben diesen quälenden, körperlichen Symptomen, hatte ich auch mit meiner Psyche zu kämpfen. Alleine die Anwesenheit einer Person überforderte mich in ungeahnter Weise. Ich hatte das Gefühl, als würde ich der Zeit nachlaufen. Ich wollte doch noch so viel erledigen, alle meine Ideen und Träume verwirklichen! Ich verlor jeden psychischen Halt.
Und dann erhielt das Ganze eine Eigendynamik, die nicht mehr zu stoppen war. Die Trennung von meiner Lebensgefährtin war unvermeidbar. Ich ließ es geschehen, im Bewusstsein, nur ganz alleine mit mir selbst würde ich den letzten Krümel Energie speichern können, um zu überleben. Mein Denken, Fühlen und Handeln war in diesem Augenblick für niemanden mehr nachvollziehbar. Trotzdem war es zu diesem Zeitpunkt für mich die einzige Aussicht auf Überleben. Es war wie ein Instinkt, der sich einschaltet und jedes weitere Handeln steuert.

In Gedanken entwarf ich eine Liste, der Dinge, die ich noch zu erledigen hatte. Priorität eins war: eine Reise mit meinem Vater. Ich hatte noch nie eine Reise mit meinem Vater unternommen. Das wollte ich nachholen, denn es war mir ein großes Bedürfnis. Schon bald würde ich die Gelegenheit dazu haben. Wenige Tage später hatte mein Vater seinen 60. Geburtstag. Das wäre ein perfekter Anlass für eine gemeinsame Reise.

Am Geburtstag meines Vaters erfolgte der Auszug meiner Lebensgefährtin aus unserem Haus. Nach siebzehn gemeinsamen Jahren hinterließ das eine tiefe Narbe. Doch ich selbst hatte es so gewollt, ich wollte einfach nur alleine sein. Der Nummer zwei auf meiner

Prioritätenliste wurde ich gerecht, indem ich mich bei so manchen Personen für vergangene Taten oder böse Worte entschuldigte. »Kommen sie mit sich und ihrer Familie ins Reine«, ich hatte die Worte des Arztes nicht vergessen.

Und die Nummer drei auf meiner Liste? Die Hunde. Ein Leben ohne Hunde kann ich mir nicht mehr vorstellen, und auch keinen Abgang, ohne mit meinen Hunden ein richtiges Abenteuer erlebt zu haben. Also beschloss ich, sie auf ein großes Rennen vorzubereiten. Ein Training für das Iditarod, Yukon Quest oder Finnmarkslopet sollte es sein. Einmal an den Start eines dieser Rennen zu gehen, sollte mein letztes Ziel sein und ein Sieg über die quälenden Krankheitssymptome. Sollte ich es nicht mehr bis zum Start schaffen, dann wollte ich es wenigstens versucht haben.

Ich bin sicher kein Optimist oder Positivdenker, man sagt mir eher das Gegenteil nach. Aber ich hatte immer den Mut, zu träumen und den Willen, meine Visionen zu realisieren. Einer meiner Grundsätze lautet: Du kannst alles erreichen, wovon du träumst, wenn du es dir nur fest genug wünschst.

Wenn ich eines Morgens aufwachen sollte, mit dem Wunsch, den höchsten Berg der Erde zu besteigen, dann würde ich so lange davon träumen, bis es Wirklichkeit wird. Zunächst würde ich meine Sehnsucht, meinen Traum, klar formulieren. Ich würde sagen: »Eines Tages stehe ich auf dem höchsten Gipfel der Welt.« Ich würde mir das Gefühl vorstellen, das ich in diesem Augenblick empfinden würde. Mein ganzes Handeln würde sich an dieser Sehnsucht ausrichten. Anstelle von Jack London`s Abenteuerliteratur würde ich nur noch Bergbücher lesen. An den Wochenenden würde ich Kletterkurse besuchen und irgendwann würde ich Leute kennen lernen, die ähnliche Ziele verfolgen. Ich würde die notwendigen Kontakte knüpfen. Vielleicht müsste ich alles, was ich habe, verkaufen, um dieses Ziel zu erreichen, aber eines Tages würde ich auf dem höchsten Gipfel der Erde stehen.

Das alles war 1999. Ich lebe noch - allen ärztlichen Diagnosen und Behandlungsversuchen zum Trotz. Ich werde mit meinen Hunden noch viele große Abenteuer bestreiten und keine Krankheit der Welt wird uns aufhalten können.

Bereits im vergangenen Jahr hatte ich am Finnmarkslopet teilgenommen, musste jedoch nach halber Strecke aufgeben. Nicht aus gesundheitlichen Gründen, wie man vielleicht vermuten könnte. Mein Training hatte nicht ausgereicht, um die gesamte Distanz durchzustehen. Damals hatte ich mir fest vorgenommen, wiederzukommen. Also habe ich mich ein weiteres Jahr intensiv auf diese Aufgabe konzentriert und mein Leben danach ausgerichtet. Jetzt stehe ich erneut auf den Schlittenkufen und habe den festen Willen, dieses Mal, das Ziel zu erreichen.

*

Mittlerweile ist die Nacht über uns hereingebrochen, im breiten Lichtkegel meiner Stirnlampe blitzen Schneekristalle auf. Abseits des Trails leuchten vereinzelt Stirnlampen und Spirituskocher. Hier rasten Gespanne, und die Musher gewähren ihren Hunden eine verdiente Pause. In der Dunkelheit sind die im Schnee eingerollten Hunde nur als dunkle Schatten zu erahnen. Die dick vermummten Musher wirken wie Wesen von einem anderen Stern.

Nachdem wir Joatka verlassen haben, sieht mein Zeitplan eine Rast erst nach zwei bis drei Stunden vor. Dann werde ich das Gespann an einer geeigneten Stelle vom Trail dirigieren. Abseits der Rennstrecke werden wir eine kurze, zwanzigminütige Pause einlegen. Während meine Kameraden auf ihren gefrorenen Lachsstücken herumkauen, werde ich mir eine heiße Tasse Kaffee aus der Thermoskanne gönnen. Aber im Augenblick möchte ich ihren Vorwärtsdrang nicht bremsen, auch wenn die vielen rastenden Teams, die wir passieren, mich fast dazu verleiten, unsere Ruhezeit schon jetzt einzulegen.

*

Wir haben das Gespann vor uns eingeholt. Meine Leithunde laufen bereits neben dem Schlitten des vor mir fahrenden Mushers. Seine fellbesetzte Kapuze hat er tief ins Gesicht gezogen, so kann ich in der Dunkelheit sein Gesicht nicht erkennen.

Ich rufe meinem Mitstreiter laut »Trail« zu. Damit signalisiere ich ihm meine Absicht, ihn zu überholen. Laut Rennregel ist der Gespannführer nun verpflichtet, seine Fahrt soweit zu verlangsamen oder sein Team anzuhalten, dass der Überholende problemlos an seinem Gespann vorbeiziehen kann. Vorbildlich und diszipliniert rennen meine Hunde vorbei. Nicht jedes Überholmanöver geht so reibungslos vonstatten. Manchmal findet ein Rüde eine läufige Hündin so interessant, dass er an Ort und Stelle anbandeln und Nachwuchs zeugen möchte. Andere Hunde haben einfach kein Verständnis dafür, überholt zu werden, und ihr provozierendes

Gehabe kann schon Mal zu einem ausgewachsenen Streit führen. Schreckliche Verwicklungen der Zugleinen sind dann die Folge. Diese brenzlige Situation ist für keinen der beteiligten Musher angenehm.

*

Die ganze Nacht kämpfen wir uns durch tiefe und weiche Trails. Die vor uns fahrenden Teams haben den ohnehin schon weichen Trail noch morastiger werden lassen. An manchen Stellen versinken die Hunde bis zum Bauch im Schnee. Nur mit großen Sätzen schaffen es meine fleißigen Freunde, sich aus diesen tiefen Löchern zu befreien. Besonders die kleinen Hündinnen haben in diesem Tiefschnee schwer zu kämpfen. Mit ihren kurzen Beinen spüren sie oftmals keinen festen Boden mehr unter den Pfoten und schwimmen regelrecht durch diese Tiefschneepassagen. So einen kraftraubenden Laufstil können die Hunde nicht lange durchhalten, und ich hoffe, dass sich schon bald die Trailbedingungen zum Besseren ändern.

Tracy und Nickel haben sich so sehr verausgabt, dass ich beschließe, die zwei in den Schlitten zu holen, um ihnen eine Pause zu gönnen. Bereitwillig lassen sich die beiden Hundedamen in den Schlittensack heben. Diese fleißigen Hündinnen sind kräftige Arbeiter, und ich möchte auf ihre Leistungen bei den kommenden Etappen nicht verzichten müssen.

Endlich kreuzen immer mehr Schneemobilspuren den Trail. Ein Zeichen dafür, dass wir uns der Ortschaft Skaidi nähern, unserem zweiten Checkpoint in diesem Rennen. Der Weg wird besser und führt uns mehrere Kilometer auf leicht abschüssigem Gelände zum Checkpoint.

Der Trail mündet an einer Verkehrsstraße in die wir einbiegen. Dann geht es weiter über eine Brücke zu einer Tankstelle am Rande der Ortschaft. An der Tankstelle vorbei ist unser Ziel, ein großer Lagerplatz.
Um eine große Lagerhalle stehen vereinzelte Baumaschinen, und einmal im Jahr dient dieser Platz als Anlaufpunkt für eine Hand voll abenteuerlustiger Schlittenhundegespanne.

Der Zeitnehmer empfängt uns freundlich und weist uns einen Rastplatz zu. Meine Leithunde kennen diesen Ort noch vom letzten Jahr und steuern zielsicher auf ihren bekannten "Stammplatz" zu. Der Boden ist gefroren und eisig, aber leider liegt zu wenig Schnee, um das Gespann mit den Schneeankern sicher zu parken. Ich befestige den Schlitten mit einer Leine an einem monströsen Raupenfahrzeug, das hier vor sich hin rostet.

Tracy und Nickel drängen aus dem Schlittensack und ich führe die beiden wieder zu ihrem angestammten Platz im Gespann. Nachdem ich die Schlaufen der Zuggeschirre von den Zugleinen getrennt habe, gibt es für alle eine doppelte Ration köstlicher Belohnungshappen. Ich drücke und streichle meine vierbeinigen Freunde, und diese sind nicht weniger Stolz als ihr Herrchen, die erste große Prüfung des Rennens bewältigt zu haben. In siebzehn Stunden haben wir 170 Kilometer durch unwegsames Gelände zurückgelegt.

*

Es ist 06.34 Uhr und eigentlich Zeit für ein Frühstück, doch bevor ich in den Genuss eines heißen, dampfenden Kaffees komme, werde ich mein Gespann versorgen. Eine

Musherregel – wahrscheinlich die wichtigste – lautet: Erst die Hunde, dann der Musher!

Ich schlurfe zum Platz, wo die Depotsäcke gelagert sind. Dort entdecke ich unter dem Haufen meine Hundedecken und darunter die Depotsäcke mit der Aufschrift "Hoffmann – Skaidi". Skaidi ist nicht nur Checkpoint sondern auch Depot, das heißt, hier können Futter und Ausrüstung aus den Depotsäcken ergänzt werden.

Hinter einer Absperrung erkenne ich Sonja, sie winkt mit einer Flasche Cola und ich kann nicht widerstehen, zu ihr hinzugehen, um einen kräftigen Schluck zu trinken. Die Handler der Musher dürfen diese Absperrung nicht übertreten. Die Gespannführer müssen alle Arbeiten an Schlitten und Hunden selbst erledigen und dürfen keine Hilfe annehmen. Hinter der Sperrlinie dürfen die Helfer ihre Musher jedoch versorgen, sie verpflegen, verarzten und ihre Kleidung trocknen.

Während ich mir das süße Gebräu einverleibe, sind meine Augen in Richtung meiner Hunde gerichtet. Sie kauen noch genüsslich auf ihren Snacks.
»Wie geht es den Hunden, ich habe von den anderen Mushern gehört, der Trail sei tief und schwer? Viele hatten erschöpfte Hunde im Schlitten.« Sonja brennt darauf, zu erfahren, wie die erste Etappe gelaufen ist. Also gebe ich ihr eine kurze Zusammenfassung: »Es waren lange 170 Kilometer aber wir sind besser als letztes Jahr. Lass' uns später reden, wenn ich die Hunde versorgt habe.«

Ich besorge kaltes Wasser aus einem Nebengebäude der Tankstelle und schaffe Wasserkanister, Depotsäcke, Wolldecken und ein Bündel Stroh zum Rastplatz meiner

Hunde. Während das Hundefutter auf dem Kocher vor sich hin köchelt, bereite ich meinen Freunden ein warmes Nest aus Stroh und nehme ihnen die teilweise nassen und gefrorenen Booties von den Pfoten. Nach einer gehaltvollen Hundemahlzeit, salbe ich die Pfoten mit einer Spezialsalbe und ziehe den Hunden warme Mäntel über. Während sie sich zum Schlafen in ihre Strohburgen wühlen, lege ich schon alles zurecht, um vor dem Verlassen des Checkpoints noch einmal zu füttern. Mittlerweile liegen alle Hunde eingerollt und schlafen. Es hat angefangen, leicht zu schneien, und ich werfe meinen Hunden breite Wolldecken über, um sie vor Wind und leichtem Schneefall zu schützen. Eigentlich wäre jetzt die richtige Zeit für ein ausgiebiges Frühstück. Doch meine Gelüste sind anderer Natur, ich sehne mich nach einer Flasche Cola und einer Mütze Schlaf.

*

Von Skaidi nach Stabbursnes

Nur fünf Stunden, nachdem wir Skaidi erreicht haben, stehen wir wieder an der Startlinie und der Zeitnehmer entlässt uns auf die 73 Kilometer lange Strecke nach Stabbursnes. Wir verlassen den Checkpoint Skaidi um 11.48 Uhr. Um auf den Trail zu gelangen, muss ich das Team an der Tankstelle vorbei und über die Dorfstraße dirigieren. Wir folgen für wenige hundert Meter einer Zufahrtsstraße zu einem Anwesen, bis wir kurz vor den Gebäuden in einer engen Linkskurve auf den schmalen Skidopfad treffen. Der Weg beginnt mit einer Steigung. Damit wir dieses Hindernis bewältigen können, werde ich abspringen und den Schlitten schieben müssen. Immer wieder drehen die Hunde ihre Köpfe nach hinten und sehen mich ungläubig an. Ihre Bewegungen sind noch steif und nur im Schritttempo quälen wir uns den kurzen Anstieg nach oben. Zweifelsohne machen wir keine gute Figur. Die Hunde ziehen kraftlos und unmotiviert, und auch mir stecken die Strapazen der letzten Nacht noch in den Gliedern. Zweifel kommen mir in den Sinn, vielleicht war die fünfstündige Pause für meine Hunde zu kurz, und ich hätte sie noch ein oder zwei Stunden auf ihrem Strohbett rasten lassen sollen. Nickel und Tracy finden kaum die Kraft, das Tempo im Gespann zu halten und brechen immer wieder mit den Hinterläufen ein.

Es hat keinen Sinn die Fahrt fortzusetzen. Nur noch wenige Minuten, und ich müsste die beiden Hunde, wie schon auf der vergangenen Etappe, in den Schlitten nehmen. Das würde für die anderen Hunde im Team bedeuten, dass sie 50 Kilogramm mehr Gewicht zu ziehen hätten. Wenn sich die beiden Hündinnen nicht ausreichend regenerieren, wären wir gezwungen diese Last über 70 Kilometer mitzuführen. Ich überlege, ob ich nach einigen Kilometern eine zweistündige Rast einlegen soll, um den Hunden noch eine Pause zu gönnen. Tracy und Nickel würden sich sicher sofort zum Schlafen einrollen, aber wie würden die anderen Teamgefährten reagieren? So kurz nachdem wir den Checkpoint verlassen haben, würden sie diese Rast nicht verstehen. Cornflake und Meier, die größten Krakeeler im Team, würden sich die Seele aus dem Leib schreien und wie verrückt an den Leinen zerren. Eine Pause im Checkpoint würde zum selben Ergebnis führen. Somit gibt es nur eine befriedigende Lösung!
Ich stoppe das Team in einem engen Hohlweg. Dort mache ich den Schlitten an Sträuchern fest und setze beide Schneeanker, um in einer halsbrecherischen Aktion das Team zu wenden. Ich fahre zurück zum Checkpoint. Die Helfer sind erstaunt, mich zu sehen und denken, ich gebe auf. Sie informieren sofort meinen Handler, der bereits den Hundetruck zur Weiterfahrt vorbereitet hat. Ich gebe der Helfercrew zu verstehen, dass ich zwei Hunde zurücklasse und dann sofort weiterfahre. Tracy und Nickel bleiben zurück. Durch das Galoppieren durch den tiefen Trail der ersten Etappe haben sich die beiden zu sehr verausgabt.
»Vielen Dank ihr beiden, ihr habt gute Arbeit geleistet. Vielleicht habe ich auf den zurückgelegten Kilometern zu wenig auf euch geachtet und zu wenig Pausen eingelegt. Es tut mir leid euch aus dem Team zu nehmen, auch ihr

hättet es verdient über die Ziellinie zu laufen.« Nachdem ich mich so von meinen beiden Hundedamen verabschiedet habe, nimmt Sonja sie in ihre Obhut.
Wir sehen uns nur an und sprechen kein Wort, die Stimmung ist bedrückend und traurig. Wir hatten beide nicht damit gerechnet, so früh im Rennen schon Hunde aus dem Team nehmen zu müssen. Ich verkürze die Zugleine vor dem Schlitten auf zwölf Hunde und verlasse wenige Minuten später zum zweiten Mal den Checkpoint Skaidi.

Im zweiten Versuch überwinden wir den steilen Hohlweg schon besser. Zwanzig Minuten später haben sich die Hunde eingelaufen und ziehen den Schlitten gleichmäßig über die harte, präparierte Strecke. Wir haben die letzten Häuser hinter uns gelassen und mit jedem Kilometer, den wir zurücklegen, fällt auch die depressive Stimmung von mir ab.

*

Wir queren parallel zur Autostraße eine Hügelkette. Ich bin freudig überrascht, als ich in einiger Entfernung unser weißes Begleitfahrzeug auf der Straße erkenne. Sonja ist bereits auf dem Weg nach Stabbursnes unserem heutigen Etappenziel. Noch zwei bis drei Kilometer führt unser Trail in einiger Entfernung an der Hauptstraße entlang, bis wir diese überqueren und auf der anderen Straßenseite in unwegsames Gelände eintauchen. Ich hoffe, mein Doghandler wird an dieser Stelle auf uns warten, um uns anzufeuern. Etwas moralische Unterstützung auf dem Trail würde uns gut tun. Aber als wir die Straßenüberquerung erreichen, stelle ich enttäuscht fest, dass Sonja ohne anzuhalten weitergefahren ist. Später erklärt sie mir, dass sie befürchtete die Hunde würden ihr bekanntes Fahrzeug nicht passieren und versuchen in die warmen Hundeboxen zu schlüpfen. Vielleicht hatte sie Recht, aber zuweilen wünscht man sich einen aufmunternden Zuruf entlang dieser einsamen Wege.

Ich bin froh, dass meine Leithunde ohne zu zögern die breite Hauptstraße überqueren und den weiterführenden Trail der bequemen Straße vorziehen. Wären die Hunde davon überzeugt, dass ein Weiterkommen auf der befestigten Straße einfacher wäre, befänden wir uns in ernsthaften Schwierigkeiten. Ein Hundeteam auf vereistem Asphalt zum Stehen zu bringen, ist kaum möglich. Bremsmatte, Krallenbremse und Schneeanker würden ihre Wirkung versagen. Die einzige Möglichkeit, das Gespann zum Stehen zu bringen, wäre es den Schlitten umzukippen und in den Straßengraben zu steuern.

*

Bisher hat meine Hundemannschaft den Ausfall von Nickel und Tracy gut weggesteckt. Es war die richtige Entscheidung, die beiden Hunde aus dem Team zu nehmen.
Nachdem wir die ersten Kilometer unserer Etappe auf einem hart präparierten und leicht zu befahrenden Pfad zurücklegen durften, wird der Trail nun teilweise sehr tief und weich. Immer wieder sind kurze aber sehr steile Anstiege zu überwinden. Der tiefe, lockere Schnee zwingt an den Steigungen den Schlitten fast zum Stillstand. Ich laufe oft neben dem Schlitten oder schiebe die schwere Last auf Kufen vor mir her. Auf einem Hochplateau bläst uns unaufhörlich ein beißender Wind entgegen, und ein verwehter Trail macht das Vorankommen schwierig.

Die Schlittenspuren der Mitstreiter, die bereits vor uns diesen Trail befahren haben, sind nicht mehr auszumachen. Der fortwährend blasende Wind hat die Spuren längst verweht. Wenn man stundenlang auf solchen schneeverwehten Trails unterwegs ist, ohne ein Anzeichen, dass dieser Weg schon vorher von einem Hundegespann befahren wurde, kommt unweigerlich der Zeitpunkt des Zweifelns, ob man noch auf dem richtigen Pfad ist. Man hält konzentriert Ausschau nach Hundefährten und Abdrücken von Schlittenkufen im Schnee. Die einzigen ermutigenden Wegweiser, die von Zeit zu Zeit die Reiseroute bestätigen, sind steinhart gefrorene und vom Wind freigeblasene Hundehäufchen und verlorene Booties.

*

Vor uns erstreckt sich ein endlos erscheinendes Hochplateau. Soweit das Auge reicht, nichts als unberührtes Weiß. Ich fühle mich wie ein Entdecker - als sei nie zuvor ein Mensch hier gewesen. Tatsächlich ist es ein Ort, an den sich kein Mensch hin verirrt. In dieser arktischen Region ist schnell der Punkt erreicht, an dem jede Technik versagt, und der Hundeschlitten das einzige verlässliche Fortbewegungsmittel ist.

In der Geschichte des Rennens ist es wiederholt vorgekommen, dass schlechtes Wetter ein Vorankommen der Teams unmöglich machte. Dann mussten sich die Musher zum Schutz vor Sturm und Kälte im Schnee eingraben und mehrere Tage ausharren. Ausreichende Mengen Proviant für die Hunde und den Musher, sowie gute Ausrüstung ist in solchen Situationen überlebensnotwendig. Durchzuhalten und auf besseres Wetter zu warten, ist die einzige Chance. Hilfe ist kaum zu erwarten. Denn wenn es für ein Schlittenhundeteam kein Vorankommen mehr gibt, dann können Motorschlitten und Hubschrauber schon längst nicht mehr eingesetzt werden.

Endlich beginnt sich der Trail ins Tal zu schlängeln. Die sanften Hügel schützen uns vor dem unangenehmen Wind, der uns die vergangenen Stunden gepeinigt hat. Bis auf kurze Snackpausen von wenigen Minuten, sind wir den ganzen Tag durchgelaufen. Der Horizont ist in warme Rottöne getaucht und kündigt den bevorstehenden Sonnenuntergang an. Wenn wir dieses Tempo beibehalten können, werden wir in drei Stunden den Checkpoint Stabbursness erreichen, eine Stunde später als geplant.

Die lange Abfahrt nach Stabbursness führt über zwei Terrassen. Die Abfahrten sind teilweise sehr steil und führen durch dichtes Gebüsch. Der kleinste Fahrfehler oder ein unkonzentrierter Augenblick kann hier zur Katastrophe führen. Dieser Streckenabschnitt ist mir noch aus dem letzten Jahr in schrecklicher Erinnerung und bereitet mir ein Grummeln in der Magengegend. Ich beschließe eine zwanzigminütige Pause einzulegen, bevor ich diesen anspruchsvollen Streckenabschnitt in Angriff nehme. An einer windgeschützten Stelle, mit weitem Blick über das vor uns liegende Tal, schlage ich unser Lager auf. Während die Hunde genüsslich auf ihrem Pausensnack kauen, krame ich die Stirnlampe aus dem Schlittensack hervor. In wenigen Minuten wird es dunkel, und wir werden die Fahrt im fahlen Schein der Kopflampe fortsetzen. Ich genieße den Sonnenuntergang und die beeindruckende Aussicht über diese herrliche Naturlandschaft. Die Szenerie ist unwirklich und wirkt schon fast kitschig. Wie schade, dass wir Musher uns während dieser 1000 Kilometer Reise nur flüchtig solcher wunderbaren Augenblicke erfreuen können. Unsere kurze Rast wird fast zum feierlichen Akt, als nun auch noch Cornflake seine Nase zum Himmel streckt und zu heulen beginnt. Nacheinander stimmen Socke, Nesquik, Dawson und der Rest der Mannschaft in den Gesang ein. Ich liebe es, dem Rudelgesang meiner Hunde zuzuhören. Vielleicht besingen sie den Sonnenuntergang und den Beginn der bevorstehenden Nacht oder ihr Gesang ist eine Art Schwur, immer zusammenzuhalten. Ich fühle mich als Teil des Rudels, meine Hunde sind meine Familie und nur zu gerne würde ich in ihrer Sprache dieses Gelöbnis teilen.

Der Gesang der Hunde wurde von Jack London, im Buch "Ruf der Wildnis", eindrucksvoll beschrieben:

... "Wenn er dann in kalten, stillen Nächten seine Nase zum Himmel reckte und wie ein Wolf heulte, dann waren es die längst zu Staub zerfallenen Ahnen, die aus Urzeitenferne aus ihm heraus einen Stern anheulten. Und seine Stimme war ihre Stimme, das Klagelied über die Verlassenheit in der Stille, in der Kälte und im Dunkel" ...

... "Regelmäßig jede Nacht um neun, zwölf und drei Uhr stimmten sie ihren Nachtgesang an, ein Geheul von gespenstischem Klang" ...
... "Vor der Kulisse des kalt strahlenden Nordlichts oder der Sterne, die am Winterhimmel tanzten, und des schneeverhangenen, kältetauben Landes, könnte der Gesang der Huskies eine trotzige Kampfansage an das Leben gewesen sein. Aber die langgezogene, wehmütige Klage war eher eine Bitte um Erlösung von den Leiden des Lebens. Es war ein alter Gesang, so alt wie die Rasse, einer der ersten Gesänge einer gerade neu entstandenen

Welt, als alle Gesänge noch traurig waren. Beladen vom Weh ungezählter Generationen war dieser Gesang, der Buck im Innersten bewegte, die uralte Klage über das Unbegreifliche dieser dunklen, kalten, angsteinflößenden Welt. Und dass ihn dieser Gesang so tief berührte, war ein Zeichen dafür, mit welcher Endgültigkeit er durch die Zeitalter des Feuers und der Umhegung hindurch zu seinen Ursprüngen zurückgefunden hat."

*

Die heikle Abfahrt ins Tal meistern die Hunde mit Bravour. Einige Male sind in der rasanten Abfahrt, dem Schlitten in den engen Serpentinen und Kehren, die Bäume bedrohlich nahe gekommen. Meine erfahrenen Wheeler Cornflake und Big Pack haben in einem bewundernswerten Kraftakt den schwer beladenen Rennschlitten in der Spur gehalten. Auf diesem kurvigen Streckenabschnitt müssen die hinteren Hunde im Gespann und insbesondere die Wheeldogs, also das Hundepaar das direkt vor dem Schlitten läuft, ganze Arbeit leisten. Mit aller Kraft müssen diese Hunde gegen die Zugrichtung des Gespanns nach Außen ziehen, um eine Kehre nicht zu eng zu nehmen. Nur so ist es dem Hundeführer möglich, den Schlitten gefahrlos durch die Kurve zu steuern.

Der Trail führt uns geradewegs in sumpfiges Gelände und schlängelt sich in unzähligen Windungen durch das Ufergehölz. Auf nasser und morastiger Piste plagen wir uns durch die Schilffelder, den Checkpoint schon zum Greifen nahe. Endlich biegen wir über die Uferböschung auf den See und lassen die sumpfige Spur hinter uns. Die Hunde haben wieder harten Boden unter den Pfoten und eilen im Galopp über die eisige Piste aufs andere Ufer zu.

Die Lichter vom Checkpoint Stabbursnes kommen immer näher. Acht Stunden und zehn Minuten, nachdem wir Skaidi verlassen haben, erreichen wir um 19.58 Uhr das Musherlager.

*

Shari und Frosty, meine beiden Leithunde haben sich schon einen geeigneten Rastplatz auserkoren und drängen zielstrebig dorthin. Wir parken zwischen zwei schlafenden Teams, und während ich den Schlitten mit den beiden Schneeankern sichere, beginnen die Hunde bereits kleine Schlafgruben zu buddeln.
Ich mache mich sofort auf den Weg, um Stroh zu besorgen und das Futter zuzubereiten, damit die Hunde so schnell wie möglich etwas in den Magen bekommen und sich Schlafen legen können. Auf dem Weg zu den Depotsäcken kommt mir Sonja entgegen.
»Warum lagert ihr soweit hinten, jetzt musst du die schweren Säcke über die weite Strecke schleppen!« Sie hat Recht, ich hätte mir die Arbeit erleichtert, wenn wir näher am Depot geparkt hätten.
»Die Hunde haben sich den Platz ausgesucht und es sich schon gemütlich gemacht. Aber du hast Recht, in Zukunft sollten wir darauf achten die Versorgungswege so kurz wie möglich zu halten.«

Ich bin erstaunt, wie viele Teams den Checkpoint schon wieder verlassen haben. Während ich meine Hunde versorge, um anschließend selbst einige Stunden zu pausieren, machen sich zwei weitere norwegische Teams reisefertig. Unglaublich, welches Tempo die Spitzenteams vorgeben. Dabei hatte ich überhaupt nicht das Gefühl, über die Strecke gebummelt zu sein. Sonja erzählt mir, dass die führenden Teams bereits nach zwei Stunden

Pause den Checkpoint wieder verlassen haben. Auch Frank Sihler ist vorne mit dabei und legt ein strammes Tempo vor. Die Versorgung seiner Hunde gibt jedoch Anlass für Diskussionen. Während die Mitstreiter aus der Spitzengruppe die kurze Pause genutzt haben, um ihre Hunde auf warmes Stroh zu legen, die Pfoten zu pflegen und die Hunde zu massieren, hat Franky seinem Team noch nicht einmal die Strohunterlage gegönnt. Ich kann mir nur schwer vorstellen, dass er dieses Tempo halten kann, wenn er seine Hunde nicht bei Laune hält und sie nicht mehr umsorgt. Kurze Pausen können antrainiert werden, doch ich bin mir sicher, dass die Fürsorge, mit der sich ein Musher seinen Hunden widmet, über den Erfolg entscheidet.

*

Sonja hat den Hundetruck angenehm geheizt und mir ein weiches Schlaflager bereitet. Sie versucht, mir einige Gabeln Spaghetti einzuflössen. Seit dem Start in Alta habe ich keinen Bissen mehr gegessen und nur literweise Cola und Tee getrunken. In herrlichsten Worten preist sie ihre Nudeln an und hält mir den duftenden Topf unter die Nase. Doch mein Magen ist wie zugeschnürt. Mein Handler spricht zu mir, und ich verstehe kein Wort. Ich kann mich nicht mehr konzentrieren und schon nach wenigen Minuten falle ich in einen zweistündigen Tiefschlaf. Als ich wieder zu mir komme, strömt mir angenehmer Kaffeeduft in die Nase. Ich genieße zwei Tassen des heißen Gebräus, bevor ich mich bereit mache, weitere 85 Kilometer zu bewältigen.

Die Hunde haben sich während unserer Rast gut regeneriert. Nacheinander kommen sie aus ihren Strohlagern hervor und recken und strecken sich ausgiebig. Als ich

Cornflake die Hundebooties über die Pfoten streifen möchte, zieht er die rechte Vorderpfote zurück. Normalerweise lässt sich der schwarz-weiß gefleckte Rüde die Booties bereitwillig anziehen. Ich werde stutzig und kontrolliere seine Pfote auf Eiskristalle zwischen den Zehen oder schmerzhafte Einrisse an den Ballen. Ich kann auf den ersten Blick keinen Grund für sein Verhalten feststellen, die Pfoten scheinen in Ordnung zu sein.

Erst als ich sein Bein auszustrecken versuche, jault Cornflake kurz auf und sieht mich traurig an. Ich mache den Hund von der Zugleine los und lasse ihn einige Meter neben mir her traben. Meine Befürchtung wird leider bestätigt, der Rüde hinkt und setzt seine rechte Vorderpfote kaum auf den Boden. Ich vermute eine Muskelzerrung oder Verstauchung, die sich der fleißige Arbeiter höchstwahrscheinlich auf den letzten Kilometern, auf dem Weg nach Stabbursnes, zugezogen hat. Geschwächt durch die harte Zugarbeit in den langen Steigungen des Hochplateaus, fehlte ihm vermutlich die Kraft, in den sumpfigen Trails im Tal und in den tiefen Schneelöchern, ausreichend zu stabilisieren.
Es gibt keine Alternative, ich werde Cornflake aus dem Team nehmen. Während ich meine Entscheidung der Rennleitung mitteile, führt Sonja unseren Freund zum Hundetruck. Nur widerwillig lässt er sich in seine Schlafbox heben. Er kann nicht verstehen, warum wir ihn von seinen Kameraden trennen und er vermittelt uns das schlechte Gewissen, als würden wir ihn damit bestrafen. Trotz Verletzung würde er es vorziehen, humpelnd mit seinem Rudel zu laufen, als bei bester Umsorgung im Hundetruck zu reisen.
»Es tut mir leid Cornflake. Es wäre unverantwortlich, würde ich anders entscheiden. Deine jahrelange Er-

fahrung als Wheeldog ist unersetzbar, dein Ausscheiden wird das Team schwächen.«

*

Von Stabbursnes nach Skoganvarre

Es ist klirrend kalt, als ich nur noch mit elf Hunden im Gespann um 02.26 Uhr Stabbursnes verlasse. Der Trail führt uns über eine Autostraße und lotst uns auf geradem Weg zwischen kniehohem Gebüsch in eine kleine Talsenke. Auf dem hartgefrorenen Boden liegt nur wenig Schnee und in der Dunkelheit ist die Rennstrecke nur schwer auszumachen. Frosty führt ihre Kameraden sicher durch die Büsche. Wie ein Trüffelschwein hält sie ihre Nase nur wenige Zentimeter über dem Boden und sucht die richtige Fährte.

Stellenweise hat der Wind ganze Arbeit geleistet und hohe Grasbüschel freigeblasen, die im Schein der Stirnlampe als dunkle Inseln vor uns auftauchen. Mit harten Kratzgeräuschen gleiten die Kufen über diese schneefreien Gras- und Flechtenfelder. So gut wie möglich versuche ich, den Schlitten an diesen Stellen vorbeizusteuern. Gibt es keine Möglichkeit den kahlen Stellen auszuweichen, hebe ich den Schlitten auf einer Seite an, indem ich mein ganzes Körpergewicht auf eine Schlittenkufe verlagere und diesen kräftig am Handlebar zur Seite ziehe. So schaben wir nur auf einer Kufe über das offene Feld. Es gilt unter allen Umständen zu vermeiden, dass sich tiefe Kerben in die Plastikbeläge der Schlittenkufen kratzen. Im Schnee wirken Kratzer und Einkerbungen in den Kufenbelägen wie eine Bremse. Ich möchte uns die

Arbeit durch verkratzte und aufgeraute Beläge nicht noch zusätzlich erschweren. Im nächsten Checkpoint werde ich den Schlitten begutachten. Vielleicht wird es genügen, die Kunststoffbeläge mit einer scharfen Stahlklinge zu glätten, ansonsten wird das Austauschen der Beläge nicht zu vermeiden sein. Selbst wenn ich zügig arbeite, werde ich dafür fast eine Stunde Zeit benötigen.

*

Langsam steigt das Gelände an, die Landschaft wird hügeliger und schon bald haben wir wieder einen Meter Schnee unter den Kufen. Nur noch vereinzelt stehen Büsche und Bäume. Ein Zeichen, dass wir uns den Bergen nähern. In dieser sternenklaren Nacht mit dem weiß reflektierenden Schneebelag ist die Sicht gut, und ich schalte meine Kopflampe aus. Die Hunde lieben es, in der Dunkelheit zu laufen. All ihre Sinne sind auf das Erspüren des Trails gerichtet, und ich habe das Gefühl, als würde ich dann das Jagdfieber im Rudel wecken. Lautlos schlängeln wir uns in immer länger werdenden Anstiegen den vor uns liegenden Bergen entgegen.

Plötzlich sehe ich einen kleinen Lichtpunkt vor uns aufscheinen und kurz darauf wieder entschwinden. Ich schätze, der Abstand kann nur weniger als einen Kilometer betragen. Ich spekuliere, welches Team kurz vor uns den Checkpoint verlassen hat, so dass wir dieses schon nach so kurzer Laufzeit eingeholt haben. Ich hatte länger als eine Stunde benötigt um das Team reisefertig zu machen. In dieser Zeit hat keiner meiner Mitstreiter das Camp verlassen.
Nach wenigen Minuten wird es offensichtlich - das Licht kommt uns entgegen. Ich knipse meine Stirnlampe an und im Lichtschein der Lampe erkenne ich ein auf uns

zukommendes Hundeteam. Die Stelle ist übersichtlich und der Weg breit genug, um unkompliziert aneinander vorbei zu laufen. Indem ich mich nur kurz auf die Bremsmatte des Schlittens stelle, verringere ich die Fahrt meines Gespanns. Schon von weitem plappert mir der zurückfahrende Musher entgegen.

»Ich drehe um, ich habe keinen Leithund mehr im Gespann, und meine Hunde wollen nicht über die steilen Anstiege. Meinen Leithund musste ich im Checkpoint zurücklassen weil ... «

Ich achte nicht mehr auf sein Gejammer, spare mir sogar eine Antwort und setzte die Fahrt einfach fort. Seine Hunde werden den Weg zurück selbst finden. Nur noch wenige Kilometer, dann kann er den Leuten im Checkpoint seine Geschichte erzählen, sofern er jemanden findet, der ihm zuhört. Wer ein Team an den Start dieses Rennens bringt, in dem sich nur ein sicherer Leithund befindet, der muss schon ganz schön naiv sein. Ob mit oder ohne Leithund, ich denke nicht, dass dieser Teilnehmer jemals das Ziel erreicht hätte. Schon am Start habe ich mich von ihm fern gehalten. Bedingt durch die Startreihenfolge hatten wir unseren Hundetruck hinter seinem monströsen Wohnmobil parken müssen. Somit wurden Sonja und ich mit Widerwillen Opfer seiner Schwatzhaftigkeit. Als Deutscher, anscheinend in Alaska lebend, war dort alles größer und besser. Die Schlitten waren größer, die Berge höher, die Elche gefährlicher, das Wetter rauer und die Schlittenhunderennen länger, härter und besser organisiert. Dafür, dass er in Alaska lebte und dort unter idealen Bedingungen sein Team vorbereiten konnte, hatte er jedoch bisher im Rennen eine lausige Vorstellung geliefert. Erst später erfuhren wir, dass er eigentlich noch nie ein großes Rennen beendet hat. Schuld war wohl immer der Leithund.

Selbst meine Hunde schenken dieser Begegnung keine große Beachtung und trotten im gleichmäßigen Tempo den steilen Hängen entgegen.

*

Beim Anblick des Berges holt mich die Realität ein. Bereits im vergangenen Jahr hatten wir dieses Steilstück zu überwinden. Ich habe wirklich vergessen, wie extrem steil sich dieser Streckenabschnitt vor einem aufbaut. Ich springe von den Kufen und schiebe von hinten so gut ich kann, während sich meine fleißigen Hunde mit aller Kraft in ihre Zuggeschirre stemmen. Meter für Meter quälen wir uns nach oben. Immer wieder kommt unser Zug ins Stocken, und die schwere Last des Schlittens zwingt uns zu einer kurzen Pause. Ich schnappe nach Luft wie ein Karpfen auf dem Trockenen und kann gar nicht genug Sauerstoff aufsaugen. Mit kurzen, kraftvollen Sätzen streben wir weiter nach oben und mit jedem Schritt werden meine Beine lahmer.
»Go Shari, go Frosty, feine Hunde, feine Hunde.« Ich habe kaum noch Luft meine Freunde anzuspornen.

Erschöpft und schweißgebadet überwinden wir diese erbarmungslose Steigung. Meine ausgetrocknete Kehle lechzt nach einem Schluck Cola. Doch ich verdränge diesen Gedanken, denn auch die Hunde haben einen Leckerbissen verdient, und hier ist kein geeigneter Platz, um eine Rast einzulegen. Ich brächte es nicht übers Herz, mein Verlangen zu stillen, während mir meine Freunde einen treuen Blick zuwerfen und in Erwartung auf einen Pausensnack leer ausgehen.

Als Inhaber einer Fitness- und Wellnessanlage ist meine Kondition einfach erbärmlich. Alle nur erdenklichen

Möglichkeiten, mich körperlich fit zu halten, hatte ich täglich vor der Nase und sie aber nicht genutzt. Zwei, bis dreimal wöchentlich ein Ausdauertraining an modernsten sportmedizinischen Geräten oder in speziellen Gymnastikgruppen, würde sich jetzt positiv auswirken. Aber wann hätte ich neben meiner Arbeit und dem Training der Hunde noch Zeit gefunden, mich selbst zu trainieren? Neben meiner Arbeit und den körperlichen Strapazen, täglich ein 16-Hunde-Team zu konditionieren, musste mein Körper ganz nebenbei mit unterschiedlichsten Krankheitssymptomen fertig werden. Dabei gab es Tage, an die ich keine Erinnerung mehr habe, an denen ich einfach nur funktioniert habe.

Wahrscheinlich bin ich ungerecht und undankbar, denn den Umständen entsprechend, schlage ich mich bisher wacker. Und trotzdem, keuchend und nach Sauerstoff ringend, wie ein nasser Waschlappen über dem Handlebar hängend, wünsche ich mir für diese unbarmherzigen Anstiege die Kondition eines Olympiateilnehmers im Zehnkampf.

*

Auf der langen Fahrt über das Hochplateau, queren wir mehrmals schräge Hänge. In diesem ständigen Auf und Ab werden kurze Verschnaufpausen von den Hunden immer häufiger gefordert. Den ärgsten Anstieg haben wir noch vor uns, und ich hoffe, wir haben bis dahin noch ausreichend Kraftreserven zur Verfügung, um die schlimmste Prüfung dieser Etappe zu meistern.

Während sich unsere kleine Karawane unaufhaltsam durch die unberührte Schneelandschaft schlängelt, werden Sonjas Nerven auf eine harte Probe gestellt. Eine

Stunde nachdem ich Stabbursnes verlassen habe, hat sie sich mit dem Begleitfahrzeug auf den Weg zu unserem nächsten Checkpoint Skoganvarre gemacht. Wir hatten vereinbart, dass sie immer noch eine Stunde im Checkpoint warten würde, falls ich, wie in Skaidi, umdrehen muss, um einen Hund aus dem Team zu nehmen. In Skoganvarre angekommen wurde sie schon von den Helfern empfangen, die ihr traurig mitteilten, sie solle so schnell wie möglich zurückfahren. Ihr Musher hätte das Rennen aufgegeben, und würde in Stabbursnes auf sie warten. Man drückte ihr meine Depotsäcke in die Hand, denn die würde ich hier nicht mehr benötigen. Postwendend steuerte mein Handler den Lastwagen wieder zurück und rechnete mit dem Schlimmsten.

Die Hunde waren doch topfit und ihr Musher hochmotiviert, als das Team den Kontrollpunkt verlassen hatte. Nur ein schwerer Zwischenfall konnte mich dazu bewegt haben, das Rennen zu beenden, dachte sie. Schrecklichste Szenarien spielte sie in Gedanken durch und steuerte auf schneebedeckter Fahrbahn und in riskanter Fahrt den Sechstonner in Rekordzeit zurück zum Checkpoint Stabbursnes.
Dort angekommen stellte sich alles als großer Irrtum heraus. Man hatte meinen Handler dem falschen Musher zugeordnet. Nicht Sonjas Team hatte das Rennen beendet, sondern "der geschwätzige Bärentöter aus Alaska". Verärgert darüber, dass dieser selbst beim Ausscheiden noch Chaos stiften musste, aber erleichtert, dass ihr Team noch im Rennen war, machte sie sich wieder auf den Weg zurück. Nicht nur ihr Schlittenhundeteam befand sich heute im Renneinsatz, auch sie fuhr jetzt ein Rennen gegen die Zeit. Nun hieß es, rechtzeitig im Checkpoint ankommen, bevor wir eintreffen würden. Wenn wir vor ihr im Checkpoint auftauchten, würden wir keine Depot-

säcke vorfinden. Ich hätte kein Futter, um die Hunde zu versorgen. Hundemäntel, Decken, Booties würden uns fehlen. Ja wir könnten noch nicht einmal Wasser kochen, weil sich der Spiritus für den Kocher ebenfalls in den Säcken befand. Das Fehlen der Versorgungssäcke hätte uns tatsächlich demotiviert, da wir auf dieser Etappe alle Futterreserven und allen Spiritus verbraucht haben, und ich fest mit Nachschub im Checkpoint und Depot gerechnet habe. Also drückte Sonja kräftig aufs Gaspedal und schaffte das Unmögliche. Doch all das ereignete sich während wir uns noch durch wilde Regionen der Finnmark kämpften.

*

Langsam weicht die Nacht dem Tag, und ich verstaue während der Fahrt meine Kopflampe im Schlittensack. Die Batterien sind ohnehin am Ende. Für den letzten steilen Anstieg, den wir auf diesem Streckenabschnitt zu überwinden haben, mobilisieren wir noch einmal alle Kräfte. Es scheint so, als würden die Hunde diese Stelle noch vom letzten Jahr her kennen und wissen, dass es auf der anderen Seite nach Hause geht. Ohne auch nur einmal zum Stillstand zu kommen, zerren meine fleißigen Kameraden den Schlitten über die Kuppe, und ich habe zu tun, mich an diesem Steilhang auf den Füßen zu halten. Mit so einer phantastischen Leistung meiner Hunde habe ich fast nicht mehr gerechnet.

Der Wind hat diese Bergkuppe vom Schnee freigehalten und über mehrere hundert Meter holpert der Schlitten über blanke Felsen und Geröll. Die Kufen schrammen über das Gestein. Den Schlitten abzubremsen oder auf den Steinen gar zum Stillstand zu bringen, daran ist gar nicht zu denken. Wegmarkierungen fehlen gänzlich. Ich bin heilfroh, dass ich diese gefährliche Stelle bei Tageslicht passieren kann. In der Nacht oder bei stürmischem Wetter muss die Überfahrt die Hölle sein.

Mit den Kommandos: »Whoa« und »easy«, versuche ich meine Huskies dazu zu bewegen, langsam und ruhig die Gefahrenstelle zu überqueren. Brav befolgen die Hunde meine Anordnung. Doch selbst im Schritttempo habe ich Probleme, den Schlitten zwischen Stein und Fels auf Kurs zu halten. Meine Hundemannschaft findet den Boden unter ihren Pfoten unheimlich und sie drehen ihre Köpfe immer wieder fragend in meine Richtung. Als die vorderen Hunde im Gespann endlich wieder die Schneepiste finden, kann ich ihren Vorwärtsdrang nicht mehr bremsen. Zu groß ist der Eifer der Hunde, dieses unwirtliche Gelände hinter sich zu lassen. Ein kurzer, kräftiger Ruck zieht durch die Zentralleine und in diesem Augenblick steht der Schlitten im rechten Winkel zum Gespann. Mit einer gewaltigen Kraft wird die Spitze des Schlittens mit dem Brushbow nach rechts gerissen. Die linke Kufe, eingeklemmt zwischen Stein und Fels wie in einem Schraubstock, wird mit einem lauten Krachen von der Ladefläche abgerissen. Als die Befestigungsschrauben der Kufen aus ihren Verankerungen reißen, durchfährt mich das Geräusch wie ein Stromschlag.

Ich reagiere blitzschnell und kippe den Schlitten zur Seite. Die Schneeanker fallen aus ihrer Haltevorrichtung und die Eisenkrallen holpern scheppernd über die Felsen. Die Hunde geraten in Panik und ziehen wie verrückt. Mit aller Kraft klammere ich mich an den Handlebar und werde mitgeschleift. Ich schreie nach vorne: »Whoa Hunde, whoa, stopp Hunde, stehen bleiben!«
Das Gespann steht. Für einen kurzen Moment herrscht absolute Stille. In dem Augenblick in dem ich mich

aufrichten möchte, fängt Meier an, in die Zugleine zu springen und wie wild zu schreien. Von Meier angestachelt, stemmen sich auch die anderen Hunde ins Geschirr, als befänden wir uns auf der Flucht. Das Team dreht völlig durch.

Ich habe die Kontrolle über Schlitten und Gespann verloren. Wir rasen in vollem Tempo den Abhang hinunter – der Schlitten auf der Seite liegend. Bremsmatte und Krallenbremse sind in dieser Seitenlage unwirksam geworden. Mit dem linken Arm versuche ich mich, so gut es geht, am Handlebar festzuhalten. Die rechte Hand klammert sich krampfhaft an einen Schneeanker. Funkensprühend kratzen die Zacken des Bremsankers über den betonharten Untergrund. Irgendwann muss sich dieses Scheißding doch in den Boden fressen und diesen Höllenritt beenden. Ich brülle mir fast die Seele aus dem Leib: »Whoa, stehen bleiben, ruhig Meier, ruhig.«

Erst als alle Hunde wieder Schnee unter den Pfoten haben, wird ihr Zug schwächer. Der Anker findet endlich ausreichend Schneeuntergrund und greift. Der Schlitten kommt zum Stehen. Ich habe keine Kraft mehr, Meier, diesen Vollidioten anzuschreien. Sich seiner Schuld bewusst, kauert er im Schnee und vermeidet es mir in die Augen zu schauen. Mit meinem ganzen Körpergewicht liege ich auf dem Schneeanker und kann mich zwei Minuten lang nicht bewegen. Völlig ausgepowert verharre ich im Schnee und zähle meine Knochen. Mein linkes Knie tut höllisch weh, und ich merke, wie es langsam beginnt anzuschwellen. Vermutlich hat es Bekanntschaft mit einem Felsbrocken gemacht. Mein rechter Überschuh ist seitlich mehrere Zentimeter aufgerissen. Die scharf geschliffene Zacke des Schneeankers hat mir den Schuh durchbohrt. Mein Fuß blieb offensichtlich unbeschadet.

Auf wackeligen Beinen stapfe ich zu meinen Leithunden nach vorne und sichere das Gespann mit einer Leine, die ich an einem Busch befestige. Ängstlich sitzen und liegen meine Huskies da und verfolgen jeden meiner Handgriffe.
Der Anblick des Schlittens treibt mir fast die Tränen in die Augen. »Oh, mein Gott, das ist das Aus! Das kann doch alles nicht wahr sein. Das ist ein schlechter Traum – lass' mich aufwachen, bitte, bitte!«
Die Bruchstelle sieht ziemlich übel aus. Die linke Schlittenkufe ist nur noch über eine schwache Verbindung am Brushbow, mit dem Schlitten verbunden. Die beiden Hauptverbindungen sind abgerissen. Die kräftigen Stahlstifte sind einfach abgebrochen. Auch die Halterung der Bremsmatte hat es aus der Holzkufe gerissen. Mit diesen Schäden ist eine Weiterfahrt unmöglich.
Das ist unfair, das habe ich wirklich nicht verdient. Irgendwie muss ich es schaffen, die Kufe wieder zu befestigen. Nur wie? Selbst wenn ich alle notwendigen Ersatzteile mitführen würde, fehlte mir das nötige Spezialwerkzeug. Um kleinere Reparaturen am Schlitten vornehmen zu können, habe ich immer ein breites Isolierband im Schlittensack. Doch ein Umwickeln der Kufen hätte wenig Sinn. Schon nach wenigen Metern wäre das Band durchgescheuert. Ein Stück Leine könnte etwas länger halten. Aber früher oder später würden die scharfen Kufenkanten auch das Seil zerschneiden. Im Schlittensack kramend finde ich ein Stück Stahlseil. Das eineinhalb Meter lange Seil gehört zur Pflichtausrüstung und dient normalerweise als Hundeleine falls ein Hund im Checkpoint zurückgelassen wird. Das Stahlseil müsste

funktionieren. Die Gummi-Ummantelung wird zwar nach wenigen Metern abgerieben sein, aber das Seil könnte bis zum Checkpoint halten. Was gibt es noch zu spekulieren, ich habe ja sowieso keine Alternative.

Mit dem Stahlseil befestige ich die abgerissene Kufe so gut ich kann wieder am Schlitten. Dabei muss ich dieses mehrmals um die Kufe wickeln. Bei jeder Umwickelung straffe ich das Seil mit aller Kraft die ich noch zur Verfügung habe. Meine Ausbesserungsarbeit wird zwar die Weiterfahrt zulassen, aber dabei wie eine Kettenbremse wirken. Eine Kettenbremse ist ein zusätzliches Mittel, um einen Schlitten langsamer zu machen. Dabei wickeln die Musher kleine Ketten oder Stricke um die Kufen der Schlitten. Eine feine Sache, wenn der Effekt gewollt ist. In unserem Fall wird uns das Arbeiten gegen eine zusätzliche Bremskraft leider viel Energie kosten. Die Flickarbeit am Schlitten wird unser Vorankommen außerordentlich erschweren.

Wenn sich das Seil nicht aufscheuert, müsste dieses Provisorium bis in den Checkpoint halten. Auf den Abfahrten ins Tal mit vielen engen Kurven werde ich Mühe haben, den Schlitten auf dem Trail zu halten. Die Weiterfahrt wird somit zu einem riskanten Unternehmen. Das habe ich nach den Strapazen der letzten Stunden einfach nicht verdient. Trotzdem, ich habe keine Wahl. Vorsichtig und hochkonzentriert steuere ich den defekten Schlitten ins Tal. Die Hunde verhalten sich ungewöhnlich ruhig und diszipliniert. Sie spüren die heikle Situation und meine Anspannung.

Da der beladene Rennschlitten in engen Kehren kaum mehr zu steuern ist, bin ich mehrmals gezwungen den Schlitten auf die Seite zu legen um gefahrlos durch die

Kurven zu kommen. Eine Stelle ist besonders heikel. Der Trail beschreibt eine enge Rechtskurve und fällt nach der Kurve zwei Meter fast senkrecht ab. Für die Wheeldogs ist es unmöglich, diese Kehre auszulaufen. Durch den Steilhang ist dem Zug der vorderen Hunde nichts entgegenzusetzen und der Schlitten wird unweigerlich geradeaus durch die Kehre gezogen. Ein Baumstumpf, der genau an dieser Stelle fünfzehn Zentimeter aus dem Boden ragt, ist der beste Garant dafür, den Schlitten von vorne bis hinten aufzuschlitzen. Mit unserer ungewöhnlichen Kurventechnik passieren wir diese Schikane erstaunlicherweise unbeschadet. Doch wie mag es den anderen Mushern ergehen, die versuchen werden auf den Kufen stehend diesen Baumstumpf zu umfahren? Tiefe Graben auf beiden Seiten des Trails zeugen bereits von schweren Stürzen.

*

In Gedanken bin ich schon im Checkpoint und erträume mir den spartanischen Komfort meiner Wohnkabine im Hundetruck. Die Hunde werde ich nach diesen Strapazen mit Leckerbissen verwöhnen und ihnen ein warmes, trockenes Nest aus Stroh und Decken richten. Ich selbst werde die Kochkünste meines Handlers genießen und während ich mich im warmen Schlafsack ausruhe, habe ich Gelegenheit meine durchnässten Sachen zu trocknen.

Doch die Realität sieht leider anders aus. Ich werde versuchen müssen, einen Ersatzschlitten zu organisieren oder meinen Schlitten soweit zu reparieren, dass ich das Rennen fortsetzen kann. Gelingt mir das nicht, wird Skoganvarre das Ende meiner Reise auf Finnmarks Wegen bedeuten. Ich habe wieder eine Lektion gelernt: Ein Ersatzschlitten ist für diese Art von Rennen zwingend erforderlich. Darum beschließe ich sofort nach meiner Rückkehr nach Deutschland einen weiteren Schlitten zu besorgen. Wie meinen jetzigen Rennschlitten, werde ich auch diesen neuen Schlitten beim Schlittenbauer Bernd Weschle in Auftrag geben. Während in dieser Extremsituation viele Musher ihre Holzschlitten fast vollständig demoliert haben, war mir durch die besondere Bauweise seiner Schlitten, eine Reparatur und Weiterfahrt möglich. Dabei werde ich auf viele Annehmlichkeiten verzichten müssen, um mir diese zusätzliche Investition zu leisten. Qualität hat seinen Preis - aber in Extremsituation ist bestes Equipment unverzichtbar.

*

Ist das Tal erreicht, führt der Trail einige Kilometer über einen See und wieder in hügeliges Gelände. Ab hier ziehen sich die letzten Kilometer zum Checkpoint in nicht endend wollenden Schleifen. Man hat das Gefühl, als laufe man im Kreis. Das stetige bergauf und bergab macht müde. Immer wenn es das Gelände erlaubt, kante ich den Schlitten auf und versuche nur auf der rechten Kufe zu fahren. Ein kräfteraubender Balanceakt. Sobald ich beide Kufen auf den Boden bringe, verhindert das Reparaturseil ein kraftschonendes Dahingleiten. Als würde uns eine unsichtbare Hand festhalten, zwingt uns der Widerstand zu Schritttempo. Hoffentlich nimmt diese Odyssee bald ein Ende.

In einer windgeschützten Senke treffen wir plötzlich auf ein Schlittenhundegespann. Wenige Meter abseits des Trails liegen die Hunde paarweise eingerollt vor ihrem Schlitten im Schnee. Als wir näher kommen, erkenne ich Rudi Niggermeier, einen Landsmann und Rookie in diesem Rennen. Rudi ist sichtlich verzweifelt und

heilfroh, mich zu sehen. Seine Hunde verweigern schon seit mehr als einer Stunde die Weiterfahrt. Er redet von Aufgeben und zu harten Bedingungen für seine Hunde. Ich versuche ihn zu beruhigen: »Versuche hinter mir her zu laufen. Mit mir als Schrittmacher laufen deine Hunde sicher hinterher. Wenn du erst Mal in Skoganvarre bist, kannst du deinen 12-Stunden-Pflicht-Stopp einlegen. Nach einer langen Pause für deine Hunde sieht die Welt schon wieder anders aus.«
»OK Thomas, lass' es uns versuchen. Das GPS zeigt mir, dass es höchstens noch fünf Kilometer bis zum Checkpoint sind. Das ist zu schaffen.«
Ich lasse Rudi diese Illusion, um ihn nicht noch mehr zu demotivieren. In Wahrheit werden wir noch fünfzehn Kilometer und eineinhalb Stunden auf dem Trail sein. Das GPS zeigt ihm die Luftlinie zum Checkpoint und nicht den wahren Streckenverlauf. Eine Täuschung, der ich im vergangenen Jahr ebenfalls erlegen bin.

Meine Strategie geht auf, und Rudis Hunde trotten willig hinter uns her. Endlich führt uns der Weg über eine Uferböschung auf einen See. Am anderen Ufer kann ich den langen Holzsteg und mehrere Hütten ausmachen. Auf beiden Seiten des Stegs lagern Hundeteams. Auch auf dem letzten Kilometer versuche ich meine Einkufenfahrtechnik beizubehalten und mobilisiere noch letzte Kraftreserven meiner Oberarme, um den schweren Schlitten zu kippen.

Um 10.32 Uhr erreiche ich nach acht Stunden und sechs Minuten den Checkpoint Skoganvarre. Helfer führen meine Hunde an unseren zugewiesenen Lagerplatz am Steg. Nur wenige Minuten später trifft Rudi Niggermeier ein. Ich beschließe, meinen 12-Stunden-Pflicht-Stopp zu nehmen. Ich werde die Zeit brauchen, um meinen Schlitten zu reparieren.

Ich eile zu meinen Depotsäcken. Auf einem der Säcke liegt eine Flasche Cola, mit besten Grüßen von meinem Handler. In einem Zug, leere ich die Flasche und suche dabei mit den Augen das Ufer ab. Hinter der Absperrung erspähe ich Sonja, sie winkt und ruft mir zu: »Schön, dich gesund zu sehen. Viele Musher hatten in den Abfahrten ernsthafte Schwierigkeiten und haben ihre Schlitten zu Schrott gefahren.«
Ich proste ihr zu. Wenn sie nur wüsste!

*

In bewährter Routine versorge ich meine Hunde. Anschließend sichere ich die Gespannleine der Hunde an einem Holzpfosten und öffne die Karabiner, um den Schlitten von der Zentralleine zu trennen. Den Inhalt des Schlittens lege ich feinsäuberlich auf etwas Stroh und werfe zum Schutz eine Plane darüber. Die Rennregeln schreiben vor, dass einmal während des Rennens ein Schlitten ausgetauscht werden kann, falls dieser stark beschädigt ist. Dem Musher ist es aber innerhalb des Fahrerlagers nicht erlaubt, Hilfe anzunehmen. Schlitten dürfen nur in leerem Zustand ausgetauscht werden. Wird dieser aus oder in die abgesperrte Zone gebracht, erfolgt dies immer unter der Kontrolle der Rennleitung.
Ich werde das schwer beschädigte Gefährt mit zum Hundetruck nehmen und überlegen, wie es weitergeht.

Aus einiger Entfernung beobachtet die Renn-Tierärztin mein Team und kommt auf mich zu.
»Ist mit den Hunden alles in Ordnung?«

»Ja, wenn ich selbst auch so fit wäre wie meine Hunde, dann hätte ich ihnen mehr Unterstützung liefern können. Der behelfsmäßig reparierte Schlitten hat uns auf den letzten Kilometern verdammt viel Kraft gekostet.«
»Der helle Rüde sieht sehr müde aus«, dabei zeigt die Veterinärin auf Meier.
»Es ist das erste Rennen für diesen Hund. Ich werde hier meinen 12-Stunden-Pflicht-Stopp einlegen, da hat er ausreichend Zeit, sich zu erholen.«
Wenn sie wüsste, dass dieser Hornochse Meier seine Energie immer dann zum Einsatz bringt, wenn es besser wäre, die Kraft zu sparen.

Bevor sich die Hunde in ihr Strohlager verkriechen, nutzt die Ärztin die Gelegenheit, meine vierbeinigen Freunde von Kopf bis Fuß zu untersuchen. Dabei achtet sie besonders auf die Pfoten und Gelenke der Hunde und auf zu großen Gewichtsverlust. Hunde, bei denen sie Anzeichen von Krankheit oder Erschöpfung bemerkt, wird sie sofort aus dem Rennen nehmen.

Der Tierschutz wird beim Finnmarkslopet groß geschrieben. Jede Art von Misshandlung gegenüber den Hunden oder ein Verstoß gegen Dopingregeln würde die sofortige Disqualifikation zur Folge haben und die moralische Verurteilung durch die übrigen Schlittenhundeführer.

Nachdem die Tierärztin den Vet-Check beendet hat, setzt sie sich zu Dawson in den Schnee und verwöhnt diesen mit einigen Streicheleinheiten. Der kräftige, schwarze Rüde genießt diese Zuneigungsbekundungen sichtlich. Schon bei den tierärztlichen Untersuchungen, die vor dem Start für alle Teams obligatorisch sind, habe ich be-

merkt, dass die Veterinärin ein Auge auf meinen fleißigen Wheeldog geworfen hat.
»Die Hunde sind okay, aber überlege dir, ob du deinen Meier nicht im Checkpoint lässt. Er ist noch ein junger, verspielter Hund, und du solltest ihm nicht den Spaß nehmen, indem du ihn überforderst.«

Sie hat Recht mit ihrer Empfehlung. Für den Rüden wird hier das Ende seiner Reise sein. Die bevorstehende Etappe über die Berge nach Levajok ist wahrscheinlich die schwierigste. Auch ich möchte das Risiko vermeiden, Meier im Schlittensack über die Berge zu bringen und seinen übrigen Kameraden im Team die Zugarbeit am Schlitten durch sein zusätzliches Gewicht unnötig zu erschweren. Aber die 12-Stunden-Rast soll Meier bei seinem Rudel verbringen und seinem Teamnachbarn Dawson Gesellschaft leisten. Als junger Hund hat er noch viel zu lernen, und der immer wiederkehrende, fast schon automatisierte Ablauf in den Checkpoints ist nur eine von vielen Lektionen auf dem Weg zu einem guten Rennhund.

*

Kurz bevor wir den Checkpoint verlassen, werde ich Meier beim Zeitnehmer abmelden und ihn der Obhut meines Handlers übergeben. Dabei bin ich mir sicher, dass Meier viel lieber bei seinem Rudel bleiben würde und alles tun würde, um seinen Stammplatz im Team nicht zu verlieren. Er würde humpelnd und stolpernd versuchen, mit seinen Teamgenossen Schritt zu halten und alle Kraft zusammennehmen, um seinem Musher die Treue zu beweisen. Diese grenzenlose Ergebenheit meiner Hunde ihrem Herrchen und Rudelführer gegenüber werde ich niemals ausnutzen. In solchen Situationen erinnere ich mich an eine Passage aus "Der Ruf der Wildnis" von Jack London. Dabei beschreibt er diese treue Ergebenheit der Hunde zu ihrem Führer:

... „Die meisten Menschen sorgen für ihre Hunde aus Pflichtgefühl und weil sie ihnen nützlich sind. Aber Thornton kümmerte sich um seine Hunde, als ob sie seine Kinder wären, einfach, weil er sie liebte. Nie vergaß er, sie freundlich zu begrüßen oder anzurufen, und oft setzte er sich zu einem langen Schwatz in ihre Mitte, was die Hunde genauso genossen, wie er es genoss. Er hatte so eine Art, Bucks Kopf kräftig mit beiden Händen zu packen, seinen eigenen Kopf draufzulegen und Buck zu beuteln, wobei er ihn mit lauter zärtlichen Schimpfwörtern bedachte, die für Buck nur Kosenamen waren. Buck liebte das, diese raue Umarmung und die gemurmelten Verwünschungen, und immer wenn sein Herr seinen Kopf hin und her schüttelte, war ihm, als würde ihm das Herz aus dem Leib geschüttelt, sosehr war er außer sich vor Glück. Wenn er dann, losgelassen, auf die Füße sprang, seinen Herrn mit großen, sprechenden Augen ansah, in der Kehle den Stau von Lauten, die nicht nach außen dringen konnten, und so eine Weile reglos verharrte, rief John Thornton bewundernd aus: „Mein Gott, als ob du sprechen könntest."
Buck drückte seine Liebe auf eine Weise aus, die fast weh tat. Oft nahm er Thorntons Hand ins Maul und biss so fest zu, dass der Abdruck der Zähne noch eine ganze Weile zu sehen war. Und so wie Buck die Schimpfworte als Kosenamen verstand, so verstand Thornton diesen spielerischen Biss als Liebkosung. Aber Bucks Liebe äußerte sich im wesentlichen als Verehrung. So glücklich er auch war, wenn Thornton ihn anrührte oder mit ihm sprach – er suchte diese Gunstbezeigungen nicht. Skeet dagegen pflegte ihre Nase unter Thorntons Hand zu

schieben und ihn solange anzustoßen, bis er sie streichelte. Und Nig trottete gern heran und legte seinen großen Kopf auf Thorntons Knie. Buck war es zufrieden, seinen Herrn aus der Ferne zu verehren. Stundenlang konnte er ihm aufmerksam zu Füßen liegen, sein Gesicht unverwandt betrachten und dabei jede kleinste Regung, jeden Mienenwechsel in sich aufnehmen. Oder wenn er zufällig etwas weiter weg lag, seitlich von seinem Herrn oder hinter ihm, dann beobachtete er den Umriss und gelegentliche kleine Bewegungen des Mannes. Und so groß war ihre Verbundenheit, dass der konzentrierte Blick des Hundes Thorntons Kopf herumzog, und Thornton erwiderte den Blick, und in beider Augen leuchtete die Freude derer, die miteinander eins sind."

*

Die Hilfsbereitschaft der Musher und Handler untereinander ist einfach phantastisch. Während ich einige Stunden schlafe und mich von meinen Strapazen erhole, reparieren Freunde meinen Schlitten. Rudis Handler, ein Tüftler und Mechaniker auf Autorennen, schnappt sich die defekte Kufe und macht sich auf den Weg in eine Werkstatt im nächsten Dorf. Unter seinen Anweisungen lässt er die Befestigungsschrauben schweißen und zaubert eine neue Verankerung. Als ich aus meinem Tiefschlaf erwache, finde ich einen reparierten und einsatzfähigen Schlitten vor.
Und dem nicht genug. Mein Mitstreiter Bernhard Schuchert stellt mir seinen neuwertigen Ersatzschlitten zur Verfügung um in der bevorstehenden Bergetappe kein Risiko einzugehen.
Ich bin von dieser Hilfsbereitschaft überwältigt.

*

Von Skoganvarre nach Levajok

Auch nach zwölf Stunden Pause hat sich Meier noch nicht erholt, und verweigert sein Futter. Ich lasse ihn in Skoganvarre zurück. Als jüngster Hund im Team hat er sich wacker geschlagen. Es ist auch die erste Rennerfahrung für den Rüden. Obwohl er mir in den vergangenen Wochen durch seinen lebhaften Charakter einige schlaflose Nächte und mich viele Nerven gekostet hat, bin ich jetzt stolz auf ihn. Ich bin zuversichtlich, dass Meier im nächsten Jahr einen Stammplatz im Team besetzen wird.

Um 22.45 Uhr verlasse ich im fahlen Licht meiner Kopflampe den Checkpoint. Ich habe ein mulmiges Gefühl. Im vergangenen Jahr bin ich zusammen mit dem Musher Michael Link auf dieser Etappe in einen Sturm geraten. Das Erlebte sitzt noch tief und ich bekomme Gänsehaut, wenn ich nur an diesen Höllentrip denke. Ich wünsche mir inständig, nicht noch einmal in eine vergleichbare Situation zu geraten.

Nach dreißig Minuten auf leichten Trails über einen See und durch einen Wald, beginnt der Anstieg auf das immer windige Plateau. Je höher wir kommen, umso mehr nimmt der Wind zu, und das Schneetreiben wird dichter. Schon wenige Minuten später peitscht mir der Sturm brutal und unaufhaltsam die Schneekristalle ins

Gesicht. Der schnelle Wetterwechsel in der Finnmark macht dieses Rennen so gnadenlos hart. Die Schmerzen auf meiner Gesichtshaut vermitteln mir das Gefühl, als würde ich mit einer Mischung aus Nadeln, Reißnägeln und Metallsplittern bombardiert. Ich ziehe mir meine fellbesetzte Kapuze schützend ins Gesicht. Eigentlich bin ich für solche Situationen gut ausgerüstet. In einem Seitenfach meines Schlittensacks müsste sorgsam verpackt eine Sturmmaske aus Neopren liegen, die mir Sonja im Sommer geschenkt hat. Jetzt könnte mir dieser Gesichtsschutz gute Dienste erweisen. Ich befürchte aber, wenn ich jetzt stehen bleibe und danach suche, könnten sich die Hunde Schutz suchend in den Schnee legen, und wir wären vielleicht gezwungen, an diesem ungemütlichen Ort für mehrere Stunden zu pausieren. Mir bleibt nur, aus dieser Situation zu lernen und in Zukunft schon vorher die Maske in einer meiner großen Taschen im Overall zu verstauen. So habe ich sie rasch zur Hand, wenn es die Situation erfordert.

Also zeige ich mich solidarisch mit meinen fleißigen Kameraden, die ebenfalls keine Chance besitzen, in diesen überfallartigen Sturmböen ihre Augen zu schützen. Ihre Köpfe tragen weiße Hauben und die Augen sind vom Schnee verklebt. Bei der nächsten Gelegenheit werde ich sie von dieser Folter befreien.

Der Trail über die steile Böschung hinauf ist durch den ständig herrschenden Wind stark vereist und blank poliert. Durch die begrenzte Reichweite meiner Stirnlampe kann ich das Ende der Steigung noch nicht einmal erahnen.
Es ist wirklich kein Wetter, bei dem man sich gerne mit einem Hundeteam und schwerem Packschlitten durch unwegsames Gelände quält. Befände man sich auf einer

Expedition, dann würde man bei so einem Wetter ein Lager errichten und auf gutes Wetter warten. Wir aber befinden uns in einem Rennen und deshalb laufen wir weiter, auch wenn es noch so schlimm kommt. Auf dem spiegelglatten Untergrund liegt eine zehn Zentimeter tiefe Schicht frisch gefallenen Schnees und bietet weder den Hunden noch mir den nötigen Halt. Immer wieder rutsche ich aus und lande auf den Knien. Mit all meiner Kraft schiebe ich den Schlitten vor mir her. Ich habe kaum mehr genug Luft, um immer wieder die gleichen Kommandos in den beißenden, stürmischen Wind zu brüllen: »Go Shari, go Frosty, go go go.«

Verzweifelt versuche ich, den Schlitten in Bewegung zu halten und robbe auf den Knien, die Hände am Handlebar des Schlittens, die Böschung hoch. Schwitzend und keuchend quälen wir uns Meter für Meter nach oben. Als ich mit dem Schlitten den Scheitelpunkt des Anstieges erreiche, verabschiedet sich die Kraft in meinen Armen. Ich rutsche mit den Händen vom Schlitten und lande erschöpft und ausgepowert auf dem Bauch. Die Hunde können alleine die Last des Schlittens nicht mehr bewältigen, und dieser rutscht etwas nach hinten, wobei er das Gespann zum Stehen bringt. Verdammt, warum muss der Trail über die steilste Kuppe führen, schon wenige Meter weiter rechts von uns wäre der Hügel auf leichterem Anstieg zu überwinden. Doch jetzt den Hang zu queren wäre zu riskant. Der Sturm bläst den Hunden frontal ins Gesicht. Noch stehen meine Leithunde dem Sturm entgegen und warten auf meine Kommandos, doch wie lange werden sie der Situation gewachsen sein? Ich befürchte, dass sie sich schutzsuchend dem Wind abwenden werden. Dann wäre es unvermeidlich, dass sie das Team drehen und wir den Hang hinunter purzeln. Smaks, Babe und Socke haben sich bereits eingerollt, zum

Schutz vor den scharfen Schneekristallen, mit denen uns dieser Sturm torpediert. Wir dürfen hier nicht liegen bleiben, unter keinen Umständen.
Ich überlege kurz, ob ich den Schlitten leichter machen soll. Aber wenn ich jetzt beginne, den Schlitten auszupacken, ist die Gefahr groß, dass mir der Wind die Ausrüstungsgegenstände über den Hang verteilt und dabei einiges verloren geht. Also kämpfe ich mich zu den Hunden vor, stelle sie wieder auf und verteile einige aufmunternde Streicheleinheiten. Schnell wieder zurück zum Schlitten und ein Seil am Brushbow befestigen. Am Seil ziehend versuche ich den Schlitten in Bewegung zu setzen und bombardiere meine Hunde mit Zurufen: »Go meine Hunde, go go go. «

Nach mehreren vergeblichen Versuchen führen unsere gemeinsamen Anstrengungen doch noch zum Erfolg, und der Schlitten kommt langsam in Bewegung. Mit meiner ganzen verfügbaren Kraft stemme ich mich in den Schnee und ziehe an dem Seil was das Zeug hält.

Als der Schlitten auf meiner Höhe angelangt ist, rutsche ich aus und lande schmerzhaft auf meiner linken Seite. Den Schlitten in Bewegung zu halten, ist die einzige Chance, die wir jetzt noch besitzen. Auf der Seite im Schnee liegend, schiebe ich den Schlitten an den Kufen an mir vorbei. Die Hunde werfen sich mit ihrer ganzen Kraft in ihr Geschirr und durch einen letzten kraftvollen Ruck an der Zugleine lassen, uns meine treuen Gefährten dieses tückische Hindernis überwinden.

Meine Arme und Beine zittern vor Anstrengung und mein Magen beginnt sich zu verkrampfen. Mir wird schwarz vor den Augen. Jetzt nur nicht ohnmächtig werden, das würde mir gerade noch fehlen. In panischer

Angst, das Team zu verlieren, umklammere ich mit klammen Händen den Handlebar. Kalter Schweiß läuft mir über den Rücken und in einem breiten Schwall kotze ich über den Schlitten hinweg in den weißen Schnee. Ich habe das Gefühl, als würden meine Eingeweide hervorquellen und den Weg nach draußen suchen. Ich fühle mich kraftlos und ausgelaugt und binde mich vorsichtshalber mit der Notleine am Schlitten fest. Völlig entkräftet reicht mein Atem nur noch für ein zaghaftes »go«. Wenige Minuten später erreichen wir eine windgeschützte Stelle und werden erst Mal eine zwanzigminütige Pause einlegen.
Mir ist es einfach nicht gegönnt, diese harte Etappe unter normalen Wetterbedingungen zu laufen. Das Streckenprofil der vor uns liegenden 90 Kilometer wird uns noch genug abverlangen. Warum muss auch noch das Wetter gegen uns arbeiten? Manchmal hasse ich mich selbst dafür, uns solchen Strapazen auszusetzen.

*

Das Geräusch des Reißverschlusses beim Öffnen des Schlittensacks verbinden meine vierbeinigen Freunde mit einem Leckerbissen. Elf leuchtende Augenpaare sehen mich erwartungsvoll an. Ich wähle eine große Tüte mit gefrorenen Pansenstücken und beginne im Lichtkegel der Kopflampe jedem meiner fleißigen Hunde ein Stück zu reichen. Genüsslich kauen sie diesen schmackhaften Snack.

Die energiereichen gefrorenen Pausenhappen habe ich in Plastiktüten verpackt und diese mit verschiedenfarbigen Verschlüssen versehen. So erkenne ich an den Farben ob der Inhalt aus Lamm, Lachs, Rentier oder Pansen besteht. Außerdem sind die Provianttüten in der Reihenfolge, in der ich sie zum Belohnen verwende, in den Schlittensack verstaut. Übermüdet und im Dunkeln vereinfacht mir diese Methode das Servieren der vielen Zwischenmahlzeiten. Auch im Checkpoint erspart mir diese Vorgehensweise kostbare Zeit.

Es wird Zeit, meinen geschützten Rastplatz zu verlassen und die Fahrt fortzusetzen. In der dunklen Nacht sind auf diesem windigen Streckenabschnitt Markierungsstäbe mit Reflektoren die einzige Orientierungshilfe. Wo ist der nächste Stab, der mir die Richtung weist? Im durchdringenden Strahl meiner Stirnlampe ist ein schwaches Aufblitzen eines Reflektorbandes zu erkennen. »Gee, gee meine Jungs«, mit dem Kommando nach rechts zu schwenken, steuere ich mein Hundegespann in Richtung der Trailmarkierung. Ich stoppe und mache mich erneut auf die Suche nach einem leuchtenden Wegweiser. Ich lasse den Lichtkegel meiner Kopflampe in der Dunkelheit umherwandern. Ein kurzes Aufreißen der undurchdringlichen Schneewand lässt mich einen weiteren Reflektor erhaschen, und wir setzen die Fahrt für die wenigen Meter zum Trailmarker fort.
Nur zögerlich kommen wir voran, und auch den Hunden macht die Suche nach dem Trail wenig Spaß. Bei jedem Stopp bläst der eisige Wind in die Öffnungen der doggydress, die ich ihnen, zum Schutz vor der Kälte, vorausahnend übergestreift habe. Die beißenden Winde lassen ihre Glieder langsam steif werden, und auch ich kämpfe mit starkem Kälteschmerz in den Fingern. Immer wieder lasse ich die Arme kreisen, um die Blutzirkulation anzuregen. Dieser Laufrhythmus lässt uns keine Aussicht auf ausreichende Erwärmung unserer Körper. Langsam aber sicher kühlen wir aus. Jetzt die Nerven zu verlieren, und kopflos darauf los zu laufen, wäre aber ein schwerer Fehler. Einmal von der Strecke abgekommen, würden wir

auf der Suche nach dem Trail ziellos umherirren und uns wahrscheinlich heillos verfahren. Wir wären gezwungen, das Tageslicht abzuwarten und würden unnötig Zeit und Energie verlieren.
Wenn ich mir die Karte richtig eingeprägt habe, müssten wir schon bald auf einen bewaldeten Streckenabschnitt treffen wo uns hohe Bäume Schutz vor den erbarmungslosen Sturmböen bieten.

*

Tatsächlich, die Verhältnisse werden etwas besser. Ich kann zwar noch keine Bäume ausmachen, doch der Wind wird allmählich erträglicher und die Sicht besser. Der Lichtstrahl meiner Halogenstirnlampe erreicht nun mehrere Markierungsstäbe entlang der Strecke. Ohne Verzögerungen durch lästige Haltemanöver finden wir einen gleichmäßigen Laufrhythmus. Nur um Big Pack mache ich mir Sorgen. Der weiße, kräftige Rüde hat die letzten Kilometer nicht mehr richtig an seiner Tugline gezogen. Es ist zum ersten Mal in diesem Rennen, dass der sonst so fleißige Arbeiter Schwächen zeigt.

Aus heiterem Himmel beginnt Shari, meine Leithündin, vom festen Trail nach links in den Tiefschnee abzudriften. Ihre Mannschaftskameraden folgen ihr bedingungslos. Ich bremse das Gespann und dirigiere sie mit »gee Shari, gee«, wieder nach rechts zurück auf den befestigten Pfad. Langsam kommt das Huskygespann wieder in Bewegung. Schon wenige Meter weiter folgt ein erneuter Ausbruchversuch nach links in den tiefen, weichen Schnee. Mit Engelszungen rede ich auf meine blauäugige Leithündin ein, auf dem Weg zu bleiben. Immer wieder die gleichen Kommandos, gee, gee und nochmals gee! Ich kann mir ihre Reaktion nicht erklären. Unser Reiseweg ist eindeutig zu erkennen, und der fest gepresste Schnee des Trails bietet einen guten Untergrund. Vielleicht ist ihr Ziel der Waldrand, der nur wenige Meter links des Trails, Schutz vor dem lästigen Wind bieten würde. Oder Shari signalisiert mir, dass sie dem hohen Druck, als Führungshund das Gespann zu leiten, im Augenblick nicht mehr standhalten kann. Schließlich übernimmt diese tapfere Hündin die Aufgabe schon seit unserem Start in Alta.

Bevor wir beim nächsten Versuch, nach links abzubiegen, den schweren Hundeschlitten im alles verschlingenden Tiefschnee versenken, stoppe ich das Huskygespann und setze einen Anker. Ich steige von den Schlittenkufen und wie auf rohen Eiern, versuche ich am Schlitten vorbei zu den Hunden zu gelangen. Doch unter meinem Körpergewicht bricht die festgepresste obere Schneedecke immer wieder ein und ich versinke bis zum Bauchnabel in lockerem Tiefschnee. Langsam arbeite ich mich zu den Leithunden vor und reiße dabei tiefe Krater in den Schnee. Socke, die hellbraune Hündin, sieht mich mit ihren mandelbraunen Augen erwartungsvoll an. Sie weiß, dass sie für die kommende Arbeit am besten geeignet ist.

Socke besetzt gemeinsam mit Sammi die Position "in swing", das heißt, sie laufen direkt hinter dem Leadergespann Shari und Frosty. Ich nehme Shari eine Position nach hinten und übergebe Socke die Führungsposition. Durch den Schnee rudernd, stampfe ich wieder zurück zum Schlitten. »Ok Socke, go.« Mit sicherem Spürsinn findet die Hundedame den befestigten Trail unter der zehn Zentimeter tiefen Schicht von Schneeverwehungen. Als Leithund liebt diese Hündin schwierige Trailbedingungen und wird den Teamgefährten den besten Weg spuren. Später, wenn unser Reiseweg wieder leicht zu finden ist, wird sie sich in ihrer Führungsrolle langweilen und ihre Position wieder gegen einen Platz im Team eintauschen, um wie gewohnt gute Zugarbeit zu leisten.

Nur langsam werden die Bäume und Sträucher mehr und der Wind weniger. An einer Kreuzung zweigt der Trail nach rechts ab, während der Hauptweg geradeaus weiterführt. Nach wenigen Kilometern fahre ich auf stark verwehten Trails, und kein Zeichen deutet darauf hin, dass sich vor mir ein Hundeteam befindet. Weder Hundespuren noch Kufenspuren sind im Schnee zu erkennen. Eigentlich müssten wir Rudis Team schon längst eingeholt haben, oder zumindest ihre Spuren finden. Der Streckenabschnitt ist mir noch vom letzten Jahr im Gedächtnis und ich bin mir sicher, dass wir auf dem richtigen Weg sind. Mit jeder Minute wird es offensichtlicher – mein Landsmann ist auf den falschen Trail gebogen. Rudi Niggermeier, der mit seinem Team den Checkpoint zehn Minuten vor mir verließ, hat sich an dieser Stelle verlaufen und folgte dem Hauptweg geradeaus. Nicht auszudenken, was dem Rookie auf dem falschen Trail widerfahren könnte. Vielleicht besteht noch die kleine Chance, Rudi zu helfen. Ich drehe mein Team und fahre zurück zur Kreuzung, in der Hoffnung, Rudi zu finden und ihn auf den richtigen Weg zu bringen. An den Spuren erkenne ich, dass Rudi, nachdem er seinen Fehler erkannt hat nicht meinen Schlittenspuren gefolgt ist, sondern zurück zum Checkpoint gefahren ist. Verärgert über den Musher, weil er so schnell die Flinte ins Korn wirft, wende ich mein Team erneut und fahre weiter. Wahrscheinlich hat Rudi innerlich schon kapituliert, als ich ihn kurz vor Skoganvarre an der Strecke aufgelesen habe.

*

Der Trail führt uns über mehrere Berge und Hochplateaus. Das Weiterkommen ist immer noch sehr schwierig. Starke Verwehungen, tiefer Schnee und lange, steile Anstiege wechseln sich dabei ab, uns zu schikanieren. Mittlerweile befinden wir uns schon mehr als zehn Stunden auf der Strecke. Die harte Arbeit vor dem Schlitten fordert ihren Tribut. Nacheinander bin ich gezwungen, Smaks, Dawson und Big Pack auf den Schlitten zu holen. Sie sind völlig erschöpft. Als die Trails abschüssiger werden, nehme ich auch Socke zu mir auf den Schlitten. Seit Stunden leistet sie Führungsarbeit in tiefem Schnee und ich muss ihr Gelegenheit geben, sich etwas auszuruhen. Immer wieder nehme ich einen dieser Hunde ins Gespann zurück, sobald er sich genügend regeneriert hat. Auf diese Weise vermeide ich, dass wir stehen bleiben, die Hunde sich einrollen, und wir für mehrere Stunden pausieren müssen.

Die lange Abfahrt ins Tal wird noch drei Stunden in Anspruch nehmen. Auf dieser Abfahrt habe ich teilweise bis zu vier Hunde gleichzeitig auf dem Schlitten. Wir haben nur noch kurze Anstiege zu überwinden, die unter normalen Bedingungen kaum der Rede Wert sind. Die Erhebungen sind nie länger als zwei oder drei Schlittenlängen. Mit vier Hunden im Transportsack ist der Schlitten jedoch kaum mehr zu steuern, rutscht immer wieder vom Trail in den Tiefschnee und kippt. Das bedeutet für mich, jedes Mal die Hunde und schwere Teile der Ausrüstung ausladen, über die Kuppe bringen, alles wieder einladen und weiterfahren. Nach wenigen Metern beginnt das gleiche Spiel von vorne. Der Schlitten kippt im Tiefschnee. Hunde vom Schlitten, die Ausrüstung über die Kuppe bringen und alles wieder einladen.
Ich bin völlig ausgebrannt und habe das Gefühl, als würden wir nur zentimeterweise vorankommen. Und

dabei haben wir noch nicht einmal die Hälfte der 1000 Kilometer langen Strecke hinter uns gebracht. Immer wieder stelle ich mir die gleiche Frage. Warum setzt sich ein Mensch freiwillig diesen Belastungen aus? Die Antwort bleibe ich mir für heute schuldig.

*

Endlich führt uns der Trail auf einen immer breiter werdenden Bachlauf, der ins Tal fließt und in den Tana-River mündet. Nacheinander drängeln meine Mitfahrer aus dem Transportsack, und ich führe sie wieder an ihren angestammten Platz im Team. Nur Smaks ist immer noch ziemlich groggy und zieht es vor, als Passagier den Checkpoint zu erreichen. Ich bin heilfroh, endlich eine Brücke zu sehen. Diese ist mir vom letzten Jahr noch bekannt. Von hier führt der Trail auf den Tana-Fluss und bringt uns nach weiteren zwanzig Minuten Fahrt zum Checkpoint Levajok. Der Checkpoint ist eigentlich nur ein kleines Holzhaus mit einem Nebengebäude am Ufer des Tana-River. Unter normalen Bedingungen würde es mich wohl niemals an diesen Ort verschlagen, der düster und wenig einladend auf mich wirkt.

Sonja kennt meine Abneigung gegen diesen Ort und versucht, uns einen herzlichen Empfang zu bereiten. Sie sitzt auf einem Rentierfell, das sie über einen Strohballen gelegt hat. Geduldig wartet sie, seit Stunden, auf das Eintreffen ihres Teams. Als wir auf die Uferböschung auffahren und auf den Rastplatz zustreben, klatscht sie in die Hände und ruft uns aufmunternd zu.
»Bravo, ihr seid schnell unterwegs und seht wirklich gut aus.«
Ich bin mir unschlüssig, ob sie mich oder sich selbst belügt.

In Wahrheit geben wir nach dieser dreizehnstündigen Quälerei ein lausiges Bild ab. Der Overall, den ich trage, ist durchweicht, und hängt mir am Körper wie ein nasser Sack. Meine Beine sind so müde, dass mein Gang nur noch einem Stolpern gleichkommt. Die Hunde lassen die Ohren hängen. Mit gesenktem Kopf und eingezogenem Schwanz, vermitteln sie mir unmissverständlich, dass sie die Schnauze gestrichen voll haben.

Jetzt nur nicht nachdenken und weich werden. Sofort fange ich an, die routinemäßigen Checkpointarbeiten zu verrichten und die Hunde zu versorgen. Während auf dem Spirituskocher das Hundefutter köchelt, melde ich dem Zeitnehmer, dass ich Big Pack und Smaks in Levajok zurücklassen werde. Für diese beiden ist das Rennen nach 416 Kilometern beendet.

Ich bin um jeden Hund traurig, den ich aus dem Team nehme und im Checkpoint zurücklasse. Natürlich würde ich gerne mit allen Hunden die Ziellinie in Alta überqueren, haben sie doch in ihrer bedingungslosen Treue alles für ihren Musher gegeben. Schon in wenigen Stunden werden sich die beiden so weit erholt haben, dass sie problemlos den Lauf wieder fortsetzen könnten. Doch wir befinden uns nun Mal in einem Rennen, und würde ich in jedem Checkpoint warten, bis alle Hunde sich regeneriert haben, würde ich den Anschluss verpassen. Ich werde sie nicht vergessen, wenn wir die Ziellinie überschreiten, denn sie haben alles gegeben, um uns dem Ziel ein Stück näher zu bringen.

*

Meine Mannschaft ist drastisch geschrumpft. Nur noch acht Hunde befinden sich im Team. Dass ich schon so

früh im Rennen sechs Hunde aus dem Gespann nehmen musste, belastet mich. Ich sehe nur noch geringe Chancen das Rennen zu finishen.
Mutlos und deprimiert schlurfe ich zu meinem Begleitfahrzeug. Die Ausgeschiedenen: Meier, Cornflake, Nickel und Tracy stehen schwanzwedelnd vor ihren randvoll gefüllten Futternäpfen am Hundetruck. Sie begrüßen mich überschwänglich und wären bereit, zusammen mit ihrem Rudel, das Rennen wieder aufzunehmen. Die Unterstützung hätten wir bitter nötig. Doch das ist laut Rennregel natürlich nicht möglich. Hunde, die während des Rennens aus dem Team genommen werden, können nicht mehr eingesetzt werden. Big Pack und Smaks liegen bereits eingerollt in ihren Kojen und schlafen tief und fest. Die Arbeit die mein Handler zu leisten hat, verdient alle Achtung. Neben der Versorgung ihres Mushers, muss sich Sonja nun auch noch um das Wohlergehen dieser sechsköpfigen Hundebande kümmern.

In der warmen Wohnkabine genieße ich einen Teller heiße Suppe und einige Gabeln eines schmackhaften Reisgerichts. Währenddessen informiert mich Sonja über die Laufzeiten und Probleme meiner Mitstreiter. Es ist kaum zu glauben, aber wenn wir in wenigen Stunden Levajok verlassen, hat der im Augenblick führende Kjetil Backen bereits einen Vorsprung von 229 Kilometer und pausiert drei Kontrollpunkte weiter in Lappuluobbal. Aber insgesamt liegen auch wir gut im Rennen. Von einundzwanzig gestarteten Teams mussten vier bereits aufgeben und das Rennen vorzeitig beenden.

Mein Zeitplan sieht eine Rast von sechs Stunden vor. Sonja ist skeptisch. »Du solltest jetzt nichts riskieren. Du hast nur noch acht Hunde im Team und einen weiteren

Ausfall würde die Mannschaft nur schwer verkraften. Gönne den Hunden eine Stunde länger Pause.«
Ich gehe auf ihren Vorschlag ein, vielleicht hat sie ja Recht. Die Vorstellung, eine Stunde länger im Schlafsack zu verbringen, ist viel zu verlockend.

Als ich geweckt werde, habe ich das Gefühl, als hätte ich nie ein Auge zugetan. Meine Augenlieder sind schwer wie Blei, und ich kann nicht verhindern, dass sie mir immer wieder zufallen. Es fällt mir immer schwerer, die warme Wohnkabine meines LKW mit seinen Annehmlichkeiten zu verlassen.
Doch Sonja bleibt unbeirrt in ihrem Drängen, ich solle mich endlich zurechtmachen. Immer wieder hält sie mir die Uhr vor die Nase und ermahnt mich, nicht mehr einzuschlafen.
Schlaftrunken sitze ich da und schlürfe meinen Kaffee. In solchen Augenblicken könnte ich sie erwürgen. Aber das ist ihr Job als Handler und sie hat Recht. Meine vierbeinigen Freunde warten schon gierig auf ein energiereiches Frühstück aus Pansen, Lamm, Trockenfutter und Wasser.

*

Vor unserer Abreise kontrolliere ich gewissenhaft die Pfoten meiner treuen Freunde. Sie lassen diese Prozedur geduldig wie immer über sich ergehen. Dabei bleiben sie in ihren warmen Strohlagern liegen und strecken mir bereitwillig die Pfoten entgegen. Nur bei Dawson entdecke ich leichte Einrisse zwischen den Ballen, deshalb schmiere ich eine dicke Schicht Pfotensalbe darüber. Ich ziehe diesmal allen Huskies Booties über die Pfoten. Wir werden bis Karasjok 86 Kilometer auf dem Fluss zurücklegen, und ich rechne auf dem Trail mit scharfen Eiskristallen, die den Pfoten gefährlich werden könnten.

Bei meiner Leithündin Frosty entdecke ich eine wundgescheuerte Stelle unter der linken Achsel. Die kleine, quirlige Hündin arbeitet so hart in ihrem Zuggeschirr, dass dieses bei jedem Schritt über das Brustbein in die Achsel rutscht und diese Wundstelle verursacht. Ein Ausfall meiner sicheren Leithündin wäre ein herber Verlust für das ganze Team. Ich schmiere eine fingerdicke Schicht Heilsalbe auf die offene Stelle und ziehe Frosty ein doggy-dress über.

Das doggy-dress ist meine eigene Erfindung, die ich auch selbst produzieren lasse. Es handelt sich dabei um einen superleichten Hundemantel aus einem dehnbaren Material, ähnlich dem der Radsportbekleidung. Diese liegt eng am Körper an und schützt besonders Bauch, Brust und Vorderbeine der Hunde. Das besondere Material transportiert die Feuchtigkeit nach Außen und hält den Hund trocken und warm. Durch einen breiten Klettverschluss am Rücken ist das doggy-dress auch mit Handschuhen und in übermüdeten Zustand leicht anzuziehen. Ein Vorteil, der auf langen Rennen und bei eisiger Kälte nicht zu unterschätzen ist. Das Zuggeschirr wird über den Hundemantel angezogen und verhindert somit ein Wundscheuern an den bekannten Problemstellen. Vorsorglich hätte ich meiner treuen Hündin dieses Hundekleid schon früher anziehen sollen. Nun kann ich nur hoffen, dass die Maßnahme den gewünschten Schutz bringt.

*

Von Levajok nach Karasjok

Um 19.14 Uhr verlasse ich Levajok. Wieder starte ich eine Etappe im Schein der Stirnlampe. Man verliert jedes Zeitgefühl und manchmal habe ich den Eindruck, als würde ich dieses Rennen nur bei Dunkelheit bestreiten. Ich beginne diesen Abschnitt mit gemischten Gefühlen. Im vergangenen Jahr musste ich in Levajok aufgeben. Nur wenige Minuten nachdem ich damals den Checkpoint verlassen hatte, habe ich das Team gewendet und bin zurück gefahren. Die Hunde waren einfach zu müde und ich war mit meinen Nerven am Ende. Das erklärt vielleicht auch, warum ich diesen Checkpoint nicht leiden kann.

Damals hatte ich eines nicht bedacht: Die Möglichkeit des Scheiterns gehört bei einem Rennen dieser Dimension dazu. Schon im Vorfeld muss man sich mit diesem Gedanken auseinandersetzen und wissen wie man damit umgehen wird, sollte das Ziel nicht erreicht werden. Deshalb war im vergangenen Jahr die Enttäuschung auch so groß als ich aufgeben musste, weil ich mich vorher nicht mit der Tatsache befasst hatte, dass ich auch scheitern könnte. Aber schlimmer als ein Scheitern, wäre die Tatsache, dass ich es erst gar nicht versucht hätte.

*

Der Trail führt auf dem Alta-River und durch Seitenarme des Flusses nach Karasjok und bietet keine Abwechslung. Unzählige Skidospuren bilden einen breiten Reiseweg auf dem Fluss. Kilometer um Kilometer bewegt sich unser Gespann flussabwärts. Die einzige Abwechslung sind schwere Lastzüge, die gelegentlich auf den Straßen entlang des Flusses auftauchen. Mit ihren starken Scheinwerfern leuchten sie oft viele hundert Meter in die Nacht und gewähren uns einen flüchtigen Blick auf die karge Uferlandschaft. Ich freue mich über die Begegnung mit ihnen. Langsam wird es einsam auf dem Trail und da hat man sogar LKWs gern.

Selbst das eintönige Knirschen der Kufen, die über das Eis gleiten, wirkt demotivierend. Um die Hunde bei Laune zu halten, singe ich ihnen Ständchen. Mit meinem Repertoire an Liedern gewinne ich keinen Blumentopf und somit beschränkt sich die musikalische Unterhaltung bald auf das Summen und Pfeifen von einfachen Melodien.

Als wir um eine Flussbiegung laufen, treffen wir auf zwei Elche, die den Trail überqueren und kurz vor uns im Dickicht verschwinden. Nur für einen Augenblick sind die mächtigen Tiere im Lichtkegel der Stirnlampe zu sehen. Die Hunde reagieren kaum auf die beiden Tiere. Nur kurz heben sie die Köpfe und zeigen sich interessiert. Sie sind an Elche gewöhnt. Auf unseren Trainingsfahrten in Schweden hatten wir fast täglich Kontakt mit mehreren Elchen und Rentieren auf dem Trail. Trotzdem bin ich nicht erpicht darauf, diesen gewaltigen Huftieren zu begegnen. Die skandinavischen Elche sind etwas kleiner als ihre Artgenossen in Alaska, Kanada und Sibirien. Dort erreichen diese Tiere eine Schulterhöhe von über zwei Meter und wiegen bis zu 800 Kilogramm. In Alaska hört man immer wieder von gefährlichen Situationen, wenn Elche auf Schlittenhundegespanne von Mushern oder Trappern treffen, und die Hunde unter den riesigen Hufen der Elche regelrecht zerstampft werden. Aus diesem Grund ist es für die Huskygespanne Pflicht, auf dem Yukon Quest und Iditarod in Alaska eine Schusswaffe mit sich zu führen. Die Elche, denen wir in Skandinavien begegnen, sind eher friedlich. Die sind froh, wenn sie ihre Ruhe haben und gehen uns aus dem Weg.

*

Wir sind seit fünf Stunden unterwegs, mittlerweile zeigt die Quecksilbersäule des Thermometers -30 Grad. Die Kälte ist beißend in der kalten Märznacht. In der eisigen Kälte bildet der Atem der Hunde kleine Reifwolken, die über sie hinweg ziehen und ihr Fell mit einer weißen Schicht überziehen. Ihre Schnauzen sind mit Raureif gepudert und sie sehen ein wenig aus wie Wölfe.

Der Wind, der durch das Flusstal pfeift, steigert das Kälteempfinden. Der sogenannte wind-chill-factor kommt zum Tragen. Bei einer Windgeschwindigkeit von 1 Meter pro Sekunde verstärkt sich das Kälteempfinden um 1 Grad. Das heißt, bei einer Außentemperatur von -30 Grad und einer Windgeschwindigkeit von 15 Meter in der Sekunde, empfindet der menschliche Körper -45 Grad.

Mit der Kälte komme ich zurecht, aber den Wind diesen Kälteverstärker, verabscheue ich tiefgründig.
»Oh wie ich diesen Wind hasse!«
Meine Wimpern sind gefroren, das Schild meiner Mütze, die ich unter der Kapuze trage, ist mit einer Eiskruste überzogen.

Meine Finger werden regelmäßig starr vor Kälte und immer wieder kreise ich mit den Armen, knete den Handlebar und schlage die Hände gegen meine Oberschenkel, um die Blutzirkulation anzuregen.

Die Kälte wird zur Qual. Sie findet immer einen Schlupfwinkel, um in die Kleidung einzudringen. Sie findet ihren Weg durch Reißverschlüsse und Nähte. Man kann sich ihr nicht entziehen, egal was man tut, egal wie man sich windet. Man muss sie aushalten, sie ertragen, sich ihr ergeben. Man kann sie nur akzeptieren und genügend Nahrung verbrennen, um die Körpertemperatur aufrecht zu halten. In dieser klirrenden Kälte werden Minuten zu Stunden.

Ich habe das Gefühl, als würde mein Körper langsam die Außentemperatur annehmen. Nicht mehr lange, und die Kälte ist vollständig in mich hineingekrochen.
Es gibt für mich nur noch einen Gedanken. Endlich den schützenden Checkpoint Karasjok zu erreichen um dieser Folter aus Kälte und Wind zu entkommen. Ich beklage mich nicht, denn ich habe es selbst so gewählt. Ich wollte dazugehören, zu der Hand voll Mushern, die sich dieser Herausforderung stellen. Aber lange halte ich die brutale Kälte nicht mehr aus.

Obwohl ich mich dick eingemummt habe, eine Gesichtsmaske trage und meine Fellkapuze bis auf einen schmalen Sehschlitz vor dem Gesicht zusammengezogen habe, kann ich Erfrierungen nicht vermeiden. Die Kapuze habe ich zu spät übergezogen, und mein kondensierter Atem hat sich an den Rändern meiner Mütze in kleinen Eisklumpen festgesetzt. Mit Erfrierungen an der Stirn werde ich dafür bestraft. Ebenso hat es die Nasenspitze erwischt. Die schlimmste Erfrierung ziehe ich mir aber am Kehlkopf zu. Das kleine Metallplättchen am Reißverschluss meiner Fleecejacke ist dafür verantwortlich. Ich bemerke dies erst, als ich den Hunden ein Kommando erteilen möchte, und stattdessen nur ein heiseres Krächzen hervorbringe. In den kommenden Tagen wird mir noch mehrmals die Stimme versagen.

*

Während der ganzen Fahrt begleitet uns das Schauspiel der Nordlichter. Von Zeit zu Zeit knipse ich meine Stirnlampe aus, denn dieses Naturschauspiel liefert genügend Licht, um sich zu orientieren. Auf dem Fluss gibt es ohnehin nur eine Trailrichtung, und meine Leithunde finden den Weg auch im Dunkeln.

Das Nordlicht, oder auch Polarlicht genannt, ist eine nächtliche Leuchterscheinung die man nur in Polarnähe beobachten kann. Bis heute ist dieses Phänomen noch nicht ausreichend erforscht. Während der langen Polarnacht, in der die Sonne zwei Monate nicht über den Horizont steigt, und alles in Dunkelheit gehüllt ist, ist die Aurea Borealis wie sie genannt wird, die einzige natürliche Beleuchtung. In unterschiedlichen Spektralfarben, von rot über weiß aber am häufigsten in grün, stehen die beeindruckenden Lichter am Firmament. Wie ein langsam im Wind bewegter Vorhang ziehen sich die breiten Lichtbänder durch den nachtschwarzen Himmel.

In einem meiner Reiseführer über Norwegen wurde die Entstehung dieses Naturschauspiels, das nur in der Arktis auftritt, sehr genau und wissenschaftlich erklärt. Ich habe das meiste davon schon wieder vergessen. Nur eine bemerkenswerte Tatsache blieb in meinem Gedächtnis verankert.

Beim Schauspiel eines Nordlichtes werden pro Stunde etwa 1000 Millionen Kilowattstunden Energie umgesetzt, so viel wie weltweit im selben Zeitraum erzeugt wird. Das sind einfach unglaubliche Energien. Ich stelle mir vor, wie mich Ausläufer dieser Energie auf meinen eisigen Wegen begleiten. Wie ich diese Kraft in mich aufsauge, sie mich wärmt und ich diese Wärme für die kommenden Tage speichere. Es ist ein guter, beruhigender Gedanke.

Alleine mit meinen Hunden und begleitet vom wunderbaren Schauspiel des Nordlichts, durch eine in Dunkelheit gehüllte, majestätische Landschaft zu reisen, ist ein erhabenes Gefühl. Das sind die Momente, in denen ich fühle, dass ich lebe. Trotz dieser erbarmungslosen Kälte.

*

Am Horizont mache ich einen hellen Lichtschein aus, und vermute, es sind die Lichter von Karasjok. Karasjok ist eine der größten Samensiedlungen Norwegens. Der Ort liegt auf beiden Seiten des Karasjokka, eines Nebenflusses des Tana. Es gibt hier sogar Badestrände. Das Wasser kann im Sommer bis zu zwanzig Grad warm werden. In Karasjok lebt Sven Engholm, ein Musher der das Finnmarkslopet bereits einige Male gewonnen hat und mehrfacher Teilnehmer am Iditarod ist. Er gilt als der Gründer des Finnmarkslopet und zählt zu den bekanntesten Mushern in der Szene.

Wir laufen unter einer großen Brücke durch und halten uns an der rechten Uferseite. Die Einfahrt zum Kontrollpunkt führt vom Fluss durch eine kleine Siedlung, über die Hauptstraße und durch einen Kreisverkehr auf den Vorplatz eines Hotels. Wenn man die Zufahrt zum Checkpoint das erste Mal erlebt, ist es schon etwas befremdend, wenn die Autos auf der Hauptstraße angehalten werden, während man mit seinem Schlittenhundeteam von Helfern durch einen Kreisverkehr gelotst wird. Es ist erstaunlich, mit welcher Selbstverständlichkeit immer wieder ganze Hauptstraßen wegen eines Schlittenhundeteams gesperrt werden.

Mit aller Kraft muss ich auf die Schlittenbremse treten, das Eisen der Bremse scharrt funkensprühend über den Asphalt und durch den Kreisverkehr. Die Hunde spüren instinktiv die Nähe unseres Lagerplatzes im Innenhof eines Hotels und ich kann nur wenig tun, um ihren Lauf zu verlangsamen. Zunächst führt der Weg an einer langen Häuserfront entlang. Mit elegantem Schwung biegen wir in den großzügigen Vorplatz des Hotels ein. Die Hunde sehen das ausgebreitete Stroh der vor uns pausierenden Teams und drängen zielstrebig darauf hin. Ich habe keine Chance mehr, bei den wartenden Zeitnehmern zu stoppen und lasse den Hunden ihren Willen. Die Helfer folgen uns die wenigen Meter im Laufschritt.

Wir erreichen Karasjok um 04.11 Uhr, nach neun Stunden Laufzeit und haben zu diesem Zeitpunkt 502 Kilometer zurückgelegt. Die Hälfte der Strecke ist geschafft und zum ersten Mal habe ich wieder Hoffnung, das Ziel in Alta zu erreichen.

Nur wenige Meter von unserem Lagerplatz entfernt liegen zwei frische Strohballen und die Depotsäcke mit dem Futter für die Hunde bereit. Sonja hat auf dem Weg nach Karasjok an einem Einkaufsmarkt Halt gemacht und eine große Plane erstanden, auf die sie die schweren Depotsäcke gelegt hat. Eine willkommene Erleichterung für mich, denn nun brauche ich nur die Plane an den Enden zusammenbinden und hinter mir her zum Schlitten ziehen. Diese Methode ist kräfteschonend und erspart es mir, den Weg mehrmals zurückzulegen. Ein guter Handler ist eben Gold wert.

Zunächst gilt meine Aufmerksamkeit den Hunden. Ich nehme sie von der Zugleine, öffne die Schnapper der Necklines und hänge sie an die lange Tugline damit sie genügend Bewegungsfreiraum haben. Ich bedanke mich für ihre großartige Leistung mit ausgiebigen Streicheleinheiten, bevor ich ihnen die Booties von den Pfoten streife. Die beiden Strohballen reichen aus, um den kleinen Helden ein dickes, isolierendes Strohlager zu bereiten. Bevor ich meinen Hunden eine schmackhafte Fleischmahlzeit kochen kann, muss ich wie immer Wasser organisieren. Ein Helfer erklärt mir, dass ich im Keller des Hotels kaltes Wasser in meinen Kanister füllen kann. Damit sich die Hunde in der Zwischenzeit nicht zum Schlafen hinlegen, verteile ich die restlichen Pausensnacks aus gefrorenem Pansen, Lachs und Lammfleisch.

Nachdem ich das kalte Wasser vom Keller des Hotels zu meinem Schlitten geschleppt und über einem Spezialkocher erhitzt habe, bereite ich meinen Freunden die Hauptspeise zu. In einem Cooler mische ich gefrorenes Fleisch und Trockenfutter aus den Depotsäcken und übergieße diese Mischung mit heißem Wasser. Nach kurzem Aufquellen ist die Lieblingsspeise meiner Kameraden servierfertig. Während sie sich das Futter schmecken lassen, erhitze ich weitere zehn Liter Wasser. Im Cooler wird das Wasser auch nach einer mehrstündigen Pause noch warm genug sein, um vor dem Verlassen des Checkpoints noch einmal zu füttern.

Nach dieser kalten Nacht lasse ich den Hunden die Dogblankets an und decke sie wie immer behutsam mit Wolldecken zu. Sie sollen sich nun in ihrem warmen Nest aus Stroh ausruhen und Kräfte sammeln für die nächste schwierige Etappe.

Seit meiner Ankunft in Karasjok wandert mein Blick immer wieder suchend über das Gelände. Mein Handler hat sich bis jetzt noch nicht sehen lassen. Sie könnte zwar nur meine Arbeiten aus der Nähe beobachten, denn das Rennreglement verbietet ihr, mir zu helfen, doch als moralische Unterstützung könnte ich Sonja's Anwesenheit gut gebrauchen.

Bis auf zwei weitere Teams, die in diesem Innenhof lagern, haben bereits alle Teilnehmer, die noch im Rennen sind, Karasjok schon wieder verlassen. Das Team von Stein-Havard Fjestad ist mir bekannt, und es sieht aus, als würde sich dieser vorbereiten, in Kürze das Rennen wieder aufzunehmen. Ich bin erstaunt, ihn noch hier anzutreffen. Vielleicht hat er seinen 12-Stunden-Pflicht-Stopp hier eingelegt, denke ich. Havard ist eine großgewachsene, stattliche Erscheinung. In seiner dick gefütterten Thermolatzhose und mit seiner Fellmütze sieht er aus wie ein Wikinger. Ich zähle ihn zu den Favoriten des Rennens. Im vergangenen Jahr belegte er Platz vier. Nach meinem vorzeitigen Ausscheiden habe ich seinen Zieleinlauf als Zuschauer verfolgt und war beeindruckt von seinen konditionsstarken Hunden.

Aus einiger Entfernung glaube ich zu erkennen, wie er sich mehrere Flaschen Cola in den Latz seiner Hose steckt. Ich muss lachen. Anscheinend haben wir die gleiche Methode, unsere Pausengetränke durch die

Körperwärme vor dem Einfrieren zu bewahren, um sie trinkbar zu halten.

*

Inzwischen hat sich auch Sonja zu ihrem Musher gesellt. Sie sieht müde aus, schließlich ist es ja auch vier Uhr morgens. Schlaftrunken plappert sie los: »Ich habe euch nicht so früh erwartet. Fast alle haben auf dem Fluss erhebliche Schwierigkeiten gehabt. Bedingt durch die eisige Kälte auf dem Fluss sind viele Teams einfach stehen geblieben, und die Hunde haben das Weiterlaufen verweigert. Fjestad hat mehr als sechzehn Stunden auf dem Fluss verbracht. Er ist schon seit elf Stunden hier im Checkpoint. Diese Etappe muss ihm ganz schön zugesetzt haben. Auch Bernhard Schuchert hatte ernsthafte Probleme und ist mit sechs Hunden auf dem Schlitten hier angekommen.« Ich blicke in ihre kleinen schläfrigen Augen und vermute, sie hat schlecht geträumt oder leidet aufgrund des Schlafentzugs an Halluzinationen. Doch später wird mir Bernhard diese Tatsache bestätigen. Ich wage kaum mir vorzustellen, wie ich es anstellen würde, sechs Hunde im Schlittensack zu transportieren. Doch wenn man vor der Wahl steht, auf dem eisigen Fluss zu biwakieren oder auf diese Art den nahen Checkpoint zu erreichen, wird man erfinderisch. Ich bin mir sicher, in dieser Disziplin ist Bernhard nun Rekordhalter.

Mittlerweile ist es fünf Uhr morgens. Ich bin hundemüde und durchgefroren. Auf müden Beinen schlurfe ich zum LKW und sehne mich nach etwas Schlaf in meinem warmen Schlafsack.

*

Um zwölf Uhr mittags weckt mich Sonja auf. »Du solltest etwas essen, bevor du wieder aufbrichst.« Es ist ein Wink mit dem Zaunpfahl und sie hat ja Recht. Alle Teams haben den Checkpoint bereits verlassen, und als Schlusslicht darf ich den Anschluss nicht verpassen. Während ich tief und fest geschlafen habe, hat Sonja in der Kälte gesessen und das schlafende Team bewacht.
Ich genieße ein kurzes Frühstück und ziehe mich langsam wieder an. Overall und Handschuhe sind in den wenigen Stunden gut getrocknet. Nur meine Fellstiefel sind noch feucht. Ich überlege, ob ich auf die Bunny-Boots wechseln soll, entscheide mich aber doch für die leichten Alpha-Überschuhe und tausche die Fellstiefel gegen trockene Filzinnenschuhe.

*

Von Karasjok über Baeivasgiedde weiter nach Lappuluobbal

Während ich den Schlitten zur Weiterfahrt packe, informiert mich Sonja über den aktuellen Stand des Rennens. Frank Sihler lagert mit seinem Team schon seit mehr als zehn Stunden im Checkpoint Baeivasgiedde, unserem nächsten Etappenziel. Starke Augenprobleme zwingen ihn, diese lange Rast einzulegen. Vermutlich ist Frank schneeblind. Ein echtes Unglück für den Musher, denn bisher lief Frank unter den besten fünf Teams. Diese lange Zwangspause in Baeivasgiedde wird ihm und seinem Gespann jede Chance auf eine Platzierung nehmen.

Ich weiß nicht, ob Sonja bemerkt, dass ich eine Heidenangst vor der bevorstehenden Etappe habe. Michael Link, ein Musher der vergangenes Jahr am Rennen teilgenommen hatte, war mit seinen Hunden auf diesem Streckenabschnitt über vierzig Stunden verschollen. Seine Erlebnisse wage ich mir kaum vorzustellen. Die Angst, mir könne diesmal Ähnliches widerfahren, sitzt mir im Genick.
Die negativen Eindrücke aus dem Vorjahr sind tief verankert. Die Ungewissheit was mich auf dieser Strecke erwarten wird, lässt mich unsicher werden. Ich versuche, meine Nervosität so gut wie möglich zu verbergen. Meinen Hunden kann ich aber nichts vormachen, sie

spüren meine Beunruhigung. Ich weiß genau, dass auch sie sich bewusst ist, dass die kommenden Kilometer von entscheidender Bedeutung für uns sein werden.

Um 13.30 Uhr verlasse ich Karasjok durch den legendären Kreisverkehr und fahre zurück auf den Fluss. Diesem werden wir die folgenden sechzehn Kilometer auf gerader Strecke folgen. Langsam und schwerfällig laufen die Hunde in den bitterkalten Nachmittag. Auf dieser kerzengeraden Strecke erscheint mir unsere Reisegeschwindigkeit noch langsamer. Lustlos trottet das Gespann im Schneckentempo dahin. Wenn wir noch einen Deut langsamer werden, kann ich mühelos neben dem Schlitten herspazieren. Ich versuche, mit kräftigen Pedalstößen unser Tempo zu erhöhen, in der Hoffnung, das Team findet dadurch seinen Laufrhythmus. Meine Anstrengungen, die Geschwindigkeit zu erhöhen, treffen bei meinen Teamgefährten auf wenig Verständnis. Sie drehen ihre Köpfe nach hinten und ihre durchdringenden Blicke sind eine eindeutige Botschaft.
Auch ich hätte mir eine längere Erholungspause in Karasjok gewünscht. Aber eine längere Rast dürfen wir uns nicht erlauben, um den Anschluss an die Mitstreiter nicht zu verlieren. Ich versuche, den Blickattacken meiner Freunde auszuweichen, indem ich über sie hinweg auf den vor uns liegenden Streckenabschnitt schaue und mich ganz auf meine Beinarbeit konzentriere. Auf diesen eintönigen Kilometern kann ich ihnen ihre unmotivierte Zugarbeit nicht verübeln. Auch ich würde am liebsten zum Checkpoint Karasjok zurück laufen und mich in meinem warmen Schlafsack vergraben.

*

Für ein kurzes Stück verlassen wir den Fluss und laufen auf einem Damm bei Asebakte. Der kurze Anstieg vom Flussbett auf den Damm und einige Kurven bringen Abwechslung in den bisher eintönigen Lauf. Die Hoffnung auf schönere Streckenabschnitte motiviert uns, und die Hunde quittieren diese Einlage mit einem kräftigen Ruck an der Zugleine.

*

Wir laufen unter der Brücke von Halstanjarg durch und kommen nach wenigen Kilometern an einen Ort, der in einer langen Flussbiegung gelegen ist und von den Norwegern Myrskog genannt wird. In einem großen gleichmäßigen Bogen umfahren wir diesen seltsamen Ort. Es ist schwierig, diese schneebedeckte Winterlandschaft zu deuten. Ich habe den Eindruck, als würden wir eine kleine Insel umfahren, auf der alle Bäume und Pflanzen schon vor langer Zeit ihr Leben beenden mussten. Die hohen, dunklen Bäume strecken ihre knorrigen Äste aus, als wollten sie versuchen uns festzuhalten.

Diese Kulisse erinnert mich an Märchen aus meiner Kinderzeit. Als kleines Kind habe ich ein Märchenbuch von Astrid Lindgren gelesen – Die Gebrüder Löwenherz. Die Geschichte handelt von zwei Brüdern, die nach ihrem Tod in ein Land mit den Namen Nangijala kommen.
Nangijala, ein Land, das hinter den Sternen liegt, und in dem noch die Zeit der Abenteuer und Sagen herrscht. Dort in diesem fernen Land wurden die freundlichen Bewohner des Heckenrosentals beherrscht von einem Tyrannen mit dem Namen Tengil und seinem Drachen Katla. Ich kann es kaum fassen, denn es muss fast dreißig Jahre her sein, dass ich diese Geschichte gelesen habe. Trotzdem kommen mir plötzlich alle Namen aus der

Geschichte ins Gedächtnis: Jonathan, Krümel, Tengil, Katla und Nangijala.
Es würde mich nicht erstaunen, wenn jetzt plötzlich Katla, das Ungeheuer, auf der Suche nach einem Abendessen aus diesem gespenstischen Wald trotten würde. Wahrscheinlich geht durch den Schlafmangel der letzten Tage die Phantasie mit mir durch, und die unheimlich wirkenden Bäume schlagen jedes Frühjahr aus, um diesen Ort in ein blühendes Naturparadies zu verwandeln.

Bis Myrskog fuhren wir an zahlreichen Hütten vorbei, die an beiden Flussufern gebaut sind. Die vielen Hunde der Flussbewohner begleiteten uns, schwanzwedelnd, in respektvollem Abstand, über mehrere Kilometer. Dann jedoch wird die Gegend einsamer. Nur einige verlassene Farmen stehen am Ufer und verfallen. Im diffusen Licht der Abenddämmerung wirken die verlassenen Gebäude gespenstisch. Was mag die Bewohner wohl veranlasst haben, diesen Ort zu verlassen? Doch hoffentlich nicht Katla das Ungeheuer!
Die großen Stallgebäude deuten darauf hin, dass die Besitzer einmal wohlhabend waren. Nun sind an den Gebäuden die ersten Anzeichen von Verwitterung und Zerfall zu erkennen. Vereinzelt stehen Maschinen und Traktoren um die Häuser herum. Unter einer dicken Schicht aus Eis und Schnee rosten sie langsam dahin.

*

Mit angestrengtem Blick halte ich Ausschau nach Stellen mit offenem Wasser. Immer öfter bemerke ich offenes Eis an den Ufern - das beunruhigt mich. Ebenso wie die kleinen Wasserlöcher, die wir passieren. Auch meine Hunde fühlen sich auf diesem Streckenabschnitt sichtlich unwohl. An einigen Stellen ist das Eis unter ihren Pfoten bedrohlich dünn.

In einen Overflow zu geraten oder den Schlitten in einem Eisloch zu versenken, ist eine Gefahr vor der ich große Angst habe. Bevor ich gezwungen werde, mit meinem Gespann durch offenes Wasser zu laufen, nehme ich lieber einen Umweg von zwanzig Kilometern in Kauf. Für ein Team, das in einen Overflow gerät gibt es nur eine Chance: So schnell wie möglich ein Feuer machen, um die Hunde zu trocknen und gleichzeitig die nasse Kleidung gegen die trockene Notkleidung aus dem Schlittensack zu wechseln. Bei arktischen Temperaturen droht in solchen Situationen der Erfrierungstod. Ich wünsche mir nur, diese Gefahrenstelle so schnell wie möglich zu passieren, ohne einzubrechen und nass zu werden.

*

Der Trail führt uns vom Fluss in ein leicht hügeliges Gelände. Diese Abwechslung macht den Hunden sichtlich Spaß und sie laufen ein gutes Tempo. Angestrengt halte ich Ausschau nach der Lodge Baeivasgiedde, unserem Kontrollpunkt auf dem Weg nach Lappuluobbal. Viel früher als ich erwartet habe, erreichen wir den Checkpoint. Die kleine Hütte liegt versteckt im Wald, und einige Fackeln, die in den lockeren Schnee gesteckt sind, kennzeichnen den Platz für die Hunde.
Verwundert erblicke ich mehrere geparkte Hundeschlitten und davor, vollständig eingeschirrte Hunde, die eingekringelt in ihren Schneelöchern schlafen. Als wir auf den kleinen Vorplatz einfahren, beginnen die Hunde laut zu protestieren und zu heulen. Wem mögen diese Teams wohl gehören? Es ist unmöglich, dass noch Teilnehmer des Rennens in Baeivasgiedde pausieren. Einer der

Schlitten könnte der von Frank Sihler sein. Vielleicht machen ihm immer noch die Augen Probleme, und er ist noch nicht in der Lage, das Rennen wieder aufzunehmen.

Plötzlich kommen der Zeitnehmer und eine Gruppe von Touristen aus der Hütte. Der Rennaufseher erklärt mir, dass er mich nicht so früh erwartet hätte, und ich mit einer Laufzeit von sechs Stunden für die zurückgelegten 65 Kilometer gut unterwegs sei. Ich freue mich über seine aufmunternden Worte und antworte mit einem Lächeln. Ich schaue zu den Hundegespannen, die am Waldrand lagern, und er wartet meine Frage erst gar nicht ab.
»Es sind die Gespanne von Touristen, die hier die Nacht verbringen. Alle Teilnehmer des Rennens sind schon wieder auf dem Trail. Kurz vor dir ist ebenfalls ein deutscher Teilnehmer, der aber in Finnland lebt. Ich glaube sein Name ist Frank.« Somit sind alle Unklarheiten beseitigt.

Aus einem Wasserloch hinter der Hütte schöpfe ich Wasser für die Hunde und bereite ihnen das Futter zu. Während die Hunde fressen, gehe ich kurz in die Hütte, um mich aufzuwärmen.
Als ich die Stube betrete, kommt mir angenehmer Kaffeeduft entgegen. Der Raum ist gemütlich warm und einladend. In der Mitte des Raumes stehen ein rustikaler Tisch und zwei Holzbänke. Auf dem Tisch entdecke ich eine Flasche Whiskey und mehrere Thermoskannen. In den Ecken stehen Stockbetten, das heutige Nachtlager für die Ausflügler. Die einzige Petroleumlampe schafft es kaum, den ganzen Raum auszuleuchten, aber sie zaubert eine angenehme Atmosphäre. Ein gusseiserner Kanonenofen verbreitet wohlige Wärme.
Die Stimmung an dem großen Tisch ist ausgelassen. Während ich eine heiße Tasse frisch gebrühten Bohnen-

kaffee genießen darf, zu der ich eingeladen werde, erhalte ich nützliche Informationen. Man erzählt mir, dass sich keiner der Teilnehmer länger als neunzig Minuten hier aufgehalten hat. Alle haben ebenfalls nur kurz gefüttert und sind unverzüglich wieder ins Rennen gegangen. Nur Frank Sihler konnte sich erst nach zwölf Stunden wieder auf die Strecke begeben. Heute morgen um acht Uhr hat er mit seinem Gespann den Checkpoint verlassen. Das bedeutet, er hat nur noch einen Vorsprung von zwölf Stunden. Frank ist weit im Teilnehmerfeld zurückgefallen.

Die wohlige Wärme des Holzofens macht mich schläfrig. Am liebsten würde ich jetzt hier bleiben, mich am Holzofen aufwärmen und anschließend in eine weiche Matratze sinken, um selig einzuschlummern.
Wir müssen weiter.

*

Nach vierzig Minuten Pause breche ich wieder auf und verlasse Baeivasgiedde um 20.10 Uhr in Richtung Lappuluobbal. 80 Kilometer liegen zwischen dieser Hütte im Wald und dem nächsten Kontrollpunkt in Lappuluobbal. Wir haben eine lange Nacht vor uns. Ein kurzer Gruß zum Abschied, dann verschwinden wir unter Frostys Führung in der Dunkelheit.

Zunächst führt uns der Trail ein gutes Stück leicht bergauf, durch einen dichten Wald, bis zu einem Hochplateau. Wir tauchen ein in eine weite, weiße Fläche. Die Nacht ist sternenklar, darum verzichte ich auf das Licht meiner Kopflampe. Der Trail ist im Mondlicht gut zu erkennen, und die Hunde laufen gerne in diesem diffusen Licht. Von Zeit zu Zeit kreuzen Rentierspuren den Weg, und die Hunde haben ihre Nasen dicht über dem Boden.

Wir überqueren kleinere Seen und laufen viele Kilometer über hügeliges Gelände. Das Gespann hat seinen Laufrhythmus gefunden und wir erreichen eine beachtliche Reisegeschwindigkeit. Auf den nächsten Kilometern habe ich keine Schikanen auf dem Trail zu befürchten. Der gleichmäßige Lauf meiner Hunde und eine unendliche Stille laden mich ein, mich ein wenig zu erholen. Zeit zum Nachdenken, Zeit zum Träumen.

*

Ich male mir gerade aus wie die Freunde und Familien der Musher, Zuhause in beheizten Zimmern, mit einer Tasse dampfenden Tees in den Händen, um den Computer sitzen und das Rennen im Internet verfolgen. Die Veranstalter dieser Rennveranstaltung haben einen professionellen Internetauftritt geschaffen. Damit geben sie den Interessenten Auskunft über den gegenwärtigen Stand des Renngeschehens. Es ist zu verfolgen, wann ein Musher mit seinem Team einen Checkpoint erreicht oder verlässt. Von den Beobachtern am Bildschirm wird das rote Kreuz hinter dem Namen eines Mushers gefürchtet. Es ist das Zeichen, dass dieses Team das Rennen vorzeitig beendet hat und aufgeben musste. Sicher werden auch meine Freunde meine Fahrt verfolgen.
Aber um nichts in der Welt würde ich jetzt mit ihnen tauschen wollen. Und dass, obwohl ich mir fast den Hintern abfriere und noch nie in meinem Leben ähnliche Strapazen erlitten habe.

Auch Christine wird mit ihren beiden Töchtern Ella und Lotte auf Beobachtungsposten sein. Dr. Christine Stein ist die Ärztin, die ich bei einer der vielen Untersuchungen, die ich über mich ergehen lassen musste, kennen gelernt habe. Obwohl wir uns nur wenige Male begegnet sind, und unser Kontakt, überwiegend über Telefon und E-Mail stattfindet, haben wir beide das Gefühl, als würden wir uns schon seit ewigen Zeiten kennen. Ich hatte nur kurz in dem Krankenhaus zu tun in dem sie beschäftigt ist. Trotzdem hat sie den Kontakt nie abreißen lassen und hat sich immer wieder über meinen Gesundheitszustand informiert. Christine ist so zu meiner privaten Beraterin in Gesundheitsfragen geworden.

Als ich ihr kurz vor meiner Abreise nach Norwegen mitgeteilt habe, an diesem Rennen teilzunehmen, schrieb sie mir folgende Zeilen:

Mein lieber Thomas,
als Freund kann ich deine Sehnsucht, an diesem Abenteuer teilzunehmen, verstehen – aber trotzdem nicht für gut befinden. Als Ärztin muss ich es dir strengstens untersagen. Aber leider kenne ich dich als eigensinnigen und sturen Menschen zu gut um zu wissen, dass ich schon auf vier Pfoten laufen müsste, ein seidiges Fell haben und mit dem Schwanz wedeln müsste, dass du meinen Ratschlag befolgen würdest.
Ich wünsche dir von Herzen das Allerbeste.
Komm gesund wieder!
deine Christine

Christine kann meine Sehnsucht nach eisigen Trails nur zu gut verstehen. Sie war lange Jahre als Bergsteigerin auf den höchsten Gipfeln der Welt unterwegs, bis ihr Ehemann bei einer Expedition ums Leben kam. Als Extrembergsteigerin war sie von einer Faszination beherrscht, die sie auch bei Teilnehmern der großen Schlittenhunderennen zu erkennen glaubt. Als dieser schreckliche Unfall passierte, war ihre erste Tochter zwei Jahre alt und Christine im vierten Monat schwanger. Aus Verantwortungsbewusstsein gegenüber ihren Kindern hat sie sich vom Extremklettern zurückgezogen, aber nur so lange bis ihre Töchter erwachsen sind, wie sie selbst eingesteht. Ella und Lotte, ihre beiden Töchter, haben ihrem Schreiben an mich eine Zeichnung beigelegt. Ein Schlittenhundeteam auf seiner Reise. Mit sehr viel Phantasie kann ich die gezeichneten Tiere auch als Schlittenhunde durchgehen lassen. Ich versprach den beiden, dass ich gesund wiederkommen werde. Und sollte eine meiner Hundedamen einmal Welpen bekommen, werde ich die Mädels aus diesem Wurf nach ihnen "Ella" und "Lotte" benennen.

*

Während mir diese Gedanken durch den Kopf gehen, laufen meine treuen Hunde unaufhaltsam durch die Nacht. Diese Nachtfahrt scheint nicht enden zu wollen. Meine Kopflampe beleuchtet nur notdürftig das Gebiet um uns herum. Die vielen tiefen Bodenwellen, die plötzlich immer wieder unseren Laufrhythmus stören, holen mich zurück in die Realität. Dieser Streckenabschnitt ist nicht besonders schwierig zu befahren, doch nach mehreren Tagen auf den schmalen Schlittenkufen und vollem Körpereinsatz, schwinden meine Kräfte in den Beinen, und so fordert auch dieser leichte Trail meine ganze Konzentration.
Seit mehr als einer Stunde führt der Trailverlauf auf ein helles Licht zu, das seit vielen Kilometern schon von weitem sichtbar ist und langsam immer näher rückt. Ich vermute ein Feuer, das die Helfer am Checkpoint entzündet haben, um das gebrauchte Stroh der vor mir pausierenden Teams zu verbrennen. Ich sehe mich schon

am ersehnten Etappenziel, und auch meinen Hunden winkt eine verdiente Pause.

Die Enttäuschung ist unbeschreiblich, als der Trail plötzlich vom Feuer weg in eine andere Richtung führt, und ich erkennen muss, dass ich mich noch lange nicht am Checkpoint Lappuluobbal befinde. Einen kurzen Moment lang überlege ich, ob ich das GPS benutzen soll um die genaue Entfernung zum heutigen Ziel zu erfahren. Doch die Angst, zu realisieren, dass wir uns noch viele Kilometer durchschlagen müssen, lässt mich den Gedanken sofort wieder verwerfen. Weiter zu laufen in der Hoffnung, nur noch wenige Kilometer vor dem Checkpoint zu sein, ist die einzige Motivation, die mich weiter voran treibt.

Dann, etwa fünfzehn Kilometer vor dem Kontrollpunkt in Lappuluobbal, zweigt der Trail in einer 90-Grad-Kurve nach rechts ab und führt vom breiten Skidotrail in einen schmalen, unwegsamen Pfad. Der Weg wird tief und morastig und lässt die Hunde schnell ermüden, da sie immer wieder bis zum Bauch in tiefe Löcher einbrechen. Seit Stunden laufe ich neben dem Schlitten her, um die Hunde zu entlasten, oder schiebe den Schlitten am Handlebar so kräftig ich kann. Meine Beine sind ausgepumpt und jeder Kilometer, den wir zurücklegen ist die reinste Folter.
Um 05.30 Uhr entdecke ich endlich ein kleines Häuschen vor uns, fünfzehn Minuten später erreichen wir den ersehnten Checkpoint.

*

Es ist weit und breit niemand zu sehen, weder der Zeitnehmer, noch mein Handler. Ich suche mir einen

Lagerplatz und beginne mit den üblichen Arbeiten. Erst als ich beginne die Hunde von den Tuglines zu nehmen, gesellt sich ein junger Mann zu mir. Verschlafen und verfroren steht er da, das Klemmbrett mit den Ankunftszeiten der Musher in der Hand. »Ich habe dich vom Fenster der Hütte aus gesehen. Ist alles in Ordnung, mit dir und den Hunden?« Ich nicke nur.
»Wasser findest du da drüben, da ist ein Loch im Eis«, dabei zeigt er in die Richtung, aus der wir gekommen sind.
»Soll ich deinen Handler wecken, der schläft im Truck?«
Ich nicke wieder. Mein Körper ist so ausgelaugt, dass ich wortlos werde und meine Sinne nur noch auf das Wesentliche und unbedingt Notwendige konzentriere.

In Lappuluobbal ist die Wasserstelle ungefähr zweihundert Meter vom Rastplatz der Hundeteams entfernt. Nach sechzehn Stunden auf dem Schlitten, empfinde ich das Wasserholen als grausame und böswillige Schikane der Organisation. Mit einem Eimer und einer Schöpfkelle bewaffnet schlurfe ich zum Loch im Eis. Ich habe das Gefühl, als hätte ich Zentnerlasten an meinen Beinen. Ich muss mich auf jeden Schritt konzentrieren, um nicht zu stolpern.
Ich bin körperlich total ausgepowert. In so einem Zustand werden die einfachsten Handgriffe zur einer aufwendigen Prozedur. Sich aus dem Schlafsack quälen, die Schuhe anziehen, Schuhe ausziehen, aufs Klo gehen, essen, Handschuhe anziehen, Hunde booten, Hundepfoten salben, Schlitten packen, Futter machen - man glaubt nicht, wie energieraubend solche einfachen Tätigkeiten für einen völlig ausgelaugten Organismus sein können. Man muss sich selbst immer wieder motivieren können und all seine Konzentration und Kraft zusammen-

nehmen, um nicht einfach alles hinzuwerfen. Ich bin kurz davor, alles abzubrechen.

Unter größten Anstrengungen versorge ich meine fleißigen Helden und benötige dazu fast doppelt so lange wie üblich. In Zeitlupengeschwindigkeit erledige ich alle Arbeiten. Dabei unterbreche ich immer wieder, weil ich den Faden verliere, stehe dann minutenlang da und weiß nicht mehr, was ich eigentlich gerade machen wollte. Es ist das reinste Trauerspiel. Mittlerweile ist auch Sonja aufgestanden, steht vor dem roten Absperrband, das sie nicht überschreiten darf, und schaut aus der Entfernung meinen schwerfälligen Bewegungen zu. Die Distanz ist jedoch zu groß, um mir Hilfestellung zu geben. In solchen Situationen ist es eine echte Hilfe für den Musher, wenn sein Handler ihm die nächsten Handgriffe, die er zu tun hat, zuruft.

Wie immer hat Sonja den Wohnraum im Hundetruck angenehm beheizt und ein energiereiches Essen für mich vorbereitet. Aber als sie auf ihre Fragen keine Antworten bekommt, ist ihr klar, dass nur noch eine physisch und psychisch kraftlose Hülle vor ihr sitzt. Sie schafft es gerade noch, mir die Bunny Boots auszuziehen und mich aus dem steifgefrorenen Overall zu schälen. Wenige Augenblicke später schlafe ich vor Erschöpfung ein. Obwohl es im Truck und in meinem Schlafsack warm ist, friere ich am ganzen Körper. Vor Kälte schlotternd, liege ich halbtot in meinem Schlafsack. Der Schüttelfrost erfasst mich in Schüben, und ich habe keine Kontrolle mehr über meinen Körper. Mein Kiefer gehört mir nicht mehr und das Zähneklappern ist beängstigend. Ich bin körperlich am Ende.

*

Vier Stunden später erwache ich aus meinem Tiefschlaf und der angenehme Duft frisch gebratener Eier, steigt mir in die Nase. Wie eine hungrige Hyäne stürze ich mich auf das köstliche Essen. Sonja stopft so viel sie kann in mich hinein, und langsam kommt wieder Leben in meine Glieder.
»Ich dachte schon, wir kommen hier nie an. Ich habe auf den 140 Kilometern von Karasjok hierher zu wenig Pausen gemacht. Und auf den letzten Kilometern hatten wir einfach keine Kraft mehr.« Meine Worte klingen schon fast wie eine Entschuldigung.
»All den anderen ist es auch nicht besser ergangen«, versucht mich Sonja zu beruhigen. »Die haben bei ihrer Ankunft auch nicht gerade zufrieden ausgesehen. Wenn ihr erst Mal in Kautokeino seid, wird es leichter.«
Sie hat Recht. Kautokeino, das Ziel unserer nächsten Etappe, gilt als Schlüsselstelle des Rennens. Wer es bis dorthin schafft, hat gute Chancen, die gesamte Strecke zu bewältigen.

Während ich zum Nachtisch Kekse und starken Bohnenkaffee genieße, erzählt sie mir, dass Franky das Rennen aufgegeben hat. Seine Augenprobleme haben sich so stark verschlimmert, dass er gezwungen war, in eine Klinik zu fahren. Er war jedoch nicht schneeblind, wie vermutet wurde, sondern hatte Probleme mit seinen Kontaktlinsen. So wie er mir später erzählte, sind in der extremen Kälte die Kontaktlinsen am Augapfel festgefroren. Frank Sihler ist somit bereits der sechste Teilnehmer aus dem Starterfeld, der das Ziel nicht erreichen wird.

*

Von Lappuluobbal nach Kautokeino

Um 13.45 Uhr melde ich mich beim Zeitnehmer in Lappuluobbal ab und mache mich auf den Weg nach Kautokeino. Die Marter der letzten Etappe steckt immer noch in meinen Gliedern und auch meinen Huskies, sind die Strapazen anzusehen. Noch länger zu pausieren, ist aber unmöglich. Ich darf den Abstand zum übrigen Teilnehmerfeld nicht zu groß werden lassen.

Die Hunde laufen nur widerwillig über den Rastplatz, bleiben immer wieder stehen und drehen sich fragend zu mir um. Sie haben kein Verständnis, den Checkpoint schon so früh zu verlassen. Ich beginne damit, ihnen zu erzählen wie viel Spaß wir auf dem Weg nach Kautokeino haben werden.
»Nun kommt schon Jungs, es wird ein toller Tag, das Wetter ist gut und der Trail hart und schnell. Wir erleben sicher einen traumhaften Sonnenuntergang. Vielleicht jagen wir einer Rentierherde nach oder verscheuchen einige Schneehühner. Und das Allerbeste, meine Freunde, in Kautokeino wartet zur Belohnung ein Festessen auf uns.«
Unbeeindruckt von meinen Schilderungen, setzen sich Lines und Dawson sofort wieder hin. Babe und Socke kringeln sich ein, vergraben ihre Köpfe unter ihrem Bauch und tun so, als wäre ich gar nicht anwesend. Frosty scharrt sich eine Schlafgrube in den Schnee. Der Rest der

Mannschaft sieht mich einfach nur missbilligend an. Ich bin hilflos, müde und mit den Nerven am Ende. Unfähig, mein Team zu motivieren, reißt mir der Geduldsfaden und ich brülle nach vorne: »Verdammt noch Mal, jetzt schaut mich nicht so an. Ich hab genauso die Schnauze voll wie ihr, aber jetzt haben wir uns schon Mal auf diesen Irrsinn eingelassen und jetzt werden wir das auch zu Ende bringen – also los jetzt.«
Sofort springen meine Hunde ins Geschirr und trotten los. Noch im selben Augenblick tut mir dieser Wutausbruch furchtbar leid. Ich fühle mich total miserabel, das war einfach unfair. Ich müsste wissen, dass die treu ergebenen Freunde alles für mich geben, und ich habe nichts besseres zu tun, als sie so ungerecht zu behandeln. Ich hasse solche Situationen, in denen ich mich nicht unter Kontrolle habe.
»Tut mir leid Freunde. Beeilen wir uns, dass wir von hier wegkommen. Wenn ihr wollt, dann machen wir draußen eine längere Rast von ein oder zwei Stunden!«
Ich denke, bis dahin könnten wir am Fuße der Bergkette sein, die wir überqueren müssen. Ein guter Platz, um eine lange Pause für die Hunde einzulegen. Aber schon nach wenigen Kilometern und aufmunternden Worten haben sie ihren Laufrhythmus wieder gefunden, und wir kommen nach diesen anfänglichen Startschwierigkeiten erstaunlich gut voran.

Wie vermutet, wird nach zwei Stunden die Landschaft hügeliger und wir steuern auf die Berge zu. Um mein schlechtes Gewissen zu beruhigen, halte ich mein Hundegespann in einer windgeschützten Senke an und belohne sie erst einmal mit einem saftigen Lachs-Snack. Ich möchte mein Versprechen einlösen und hier die lange Rast einlegen, die ich ihnen bei unserer Abreise verweigert habe. Eigentlich hätte ich jetzt erwartet, dass sich die Hunde sofort hinlegen und die versprochene Pause nutzen. Aber daran ist nun nicht mehr zu denken. Wild entschlossen, diese Anhöhe zu bewältigen, springen sie in die Leinen. Diese kleinen Laufwunder schreien und bellen und sind kaum zu bändigen. Die anfängliche Müdigkeit scheint verflogen. Ich lasse ihnen ihren Willen und löse den Schneeanker.

*

Der Trail führt stetig ansteigend auf die Berge zu. Die Anstiege sind für das Team, mit diesem Elan gut zu bewältigen. Auffallend viele Skidofahrer kommen uns entgegen oder überholen uns. Anfänglich grüße ich unsere Trailbekanntschaften freundlich und winke ihnen zu. Doch nachdem meine höflichen Gesten nicht erwidert werden, und wir von den Reisenden keines Blickes gewürdigt werden, gebe ich entmutigt auf. Manche Fahrer überholen uns mit so hohem Tempo und so knapp an den Leadern vorbei, dass es für die Hunde gefährlich ist. Einige wenige beschimpfen uns lauthals. Ich kann sie zwar nicht verstehen, bin mir aber sicher, dass sich unter den Worten ein interessantes Sammelsurium von Schimpfwörtern befindet.

Mir ist bekannt, dass viele Einwohner um Kautokeino gegen das Rennen sind und diese Abneigung zeigen sie anscheinend in ihrem Fahrstil. Ich koche innerlich vor Wut, da wir diesen Angriffen wilder Raser hilflos ausgeliefert sind. Bei jedem motorisierten Gefährt, das sich nähert, parke ich mein Team am Rand des Weges, laufe zu den Leadern und warte bis die Gefahr vorüber ist, um dann die Fahrt wieder fortzusetzen.
Der vor uns liegende breite Trail ist über eine Distanz von mehreren Kilometern zu erkennen. Der weite Blick auf

die Strecke verhindert wenigstens Überraschungsangriffe feindlicher Skidogeschwader.

Unsere Reiseroute führt in einem großen Bogen auf eine Hügelkette zu und steigt viele Kilometer stetig bergan. Die Bergsilhouette ist in einen Horizont warmer Rottöne gehüllt und bietet ein beeindruckendes Bild. Ich versuche die Stimmung dieses Augenblicks aufzusaugen und für die Zukunft festzuhalten. In einigen Wochen, wenn mich der Alltag in Deutschland wieder eingeholt hat, werde ich mich an diese atemberaubenden Augenblicke erinnern und die Strapazen des Rennens werden vergessen sein. Für kurze Zeit sind auch die riskanten Begegnungen mit Motorschlitten verziehen.

Mit gleichmäßigem Tempo schieben wir uns dem Berggipfel entgegen. Nachdem wir den höchsten Punkt der Bergstrecke erreicht haben, werden wir mit der Aussicht auf eine lange Abfahrt belohnt.
Zunächst zeigt sich die Abfahrt ins Tal noch moderat, doch je weiter wir uns der Talsohle nähern, umso steiler wird der Hang. Gegen den Laufdrang meiner Hunde muss ich unter allen Umständen versuchen, das Tempo zu reduzieren. Mit dem rechten Fuß stehe ich gleichzeitig auf der Krallenbremse und der Bremsmatte. Die Ferse fest auf die Matte geheftet, drücke ich mit dem Vorfuß die Krallenbremse mit aller Kraft, die ich noch in meinen entkräfteten Muskeln mobilisieren kann, in den Untergrund. Mit dem linken Bein stehe ich auf einer Kufe, und meine Wade ist kurz vor dem Zerplatzen. Zur Sicherheit halte ich einen Schneeanker fest in meiner rechten Hand. Im Falle eines Sturzes würde ich diesen mit letzter Kraft in den Boden rammen und hoffen, dass ich damit die rasante Talfahrt stoppen kann.

Die vielen Skidos, die diesen Passweg anscheinend als Hauptverkehrsstraße nutzen, haben mit ihren breiten Kufen und Antriebsriemen den Schnee auf diesem Weg zu einer eisigen Piste gepresst. Ich bin heilfroh, dass ich während dieser flotten Abfahrt keine Begegnung mit Skidos habe. Das Team bergabwärts kontrolliert zum Stehen zu bringen, wäre undenkbar und zu gefährlich. Die Folgen eines Sturzes möchte ich mir erst gar nicht ausdenken, wenn ein führerloses Hundegespann unkontrolliert dem Tal entgegen rast. Hunde könnten stolpern und würden unweigerlich in den Leinen mitgeschleift. Die Wheeldogs, also das Hundepaar das direkt vor dem Schlitten eingespannt ist, könnte vom auffahrenden und voll beladenen Schlitten überfahren werden. Die Gefahr, dass bei dieser Aktion Hunde verletzt werden oder gar zu Tode kommen, wäre tatsächlich gegeben. Deshalb gehe ich kein Risiko ein und bringe meine Freunde sicher und wohlbehalten ins Tal.

*

Eigentlich hatte ich nach dieser anstrengenden Talfahrt eine kurze Verschnaufpause vorgesehen, doch der Trail endet an einer Autostraße, die uns geradewegs in ein Dorf führt. Hier zu pausieren ist wohl kaum angebracht. Dann werden wir unsere verdiente Rast noch eine Weile verschieben müssen! Die Fußgänger und Autofahrer denen wir in diesem Dorf begegnen, sind genauso missgelaunt wie die Skidofahrer, denen wir bisher begegnet sind. Sie vermitteln mir das Gefühl, als seien wir Eindringlinge. Ich bin froh, als wir das Dorf hinter uns lassen und weiter über buckeliges Gelände auf Kautokeino zusteuern. In einer ruhigen Senke stoppe ich das Gespann. Wir sind reif für eine fünfzehnminütige Pause.

Langsam bricht die Dunkelheit über uns herein. Wir werden die Fahrt, wie so oft auf dieser Reise, im Lichtschein meiner Stirnlampe fortsetzen. Nach weiteren zwei Stunden Fahrzeit über leichtes Gelände und bei sternenklarer Nacht tauchen vor uns die Lichter der Stadt auf, die heute unser Etappenziel sein wird, Kautokeino.

Kautokeino heißt zu deutsch "Mitte des Weges". Die Stadt ist eines der wichtigsten Kulturzentren der Samen und seit frühester Zeit ein Winterquartier der Samen. In Kautokeino sind im Winter 70.000 Rentiere beheimatet. Ich bin froh, dass wir auf unserer Reise keinen Rentierherden begegnet sind. Der Jagdtrieb meiner Huskies hätte uns sicher in ungemütliche Situationen gebracht. Nur gelegentlich kreuzten Spuren unseren Trail, aber zu Gesicht bekommen haben wir glücklicherweise keines der Tiere.

*

Kurz vor Kautokeino überqueren wir einen breiten Fluss. Am anderen Ufer führt uns der Weg zwischen einigen Häusern vorbei auf einen Hang zu. Dieser kurze, aber extrem steile Anstieg, baut sich wie eine Wand vor uns auf. Ich kann kaum glauben, dass wir so kurz vor dem Checkpoint die Schikane eines solchen steilen Anstiegs überwinden sollen. Mit letzter Kraft stellen wir uns dieser unnötigen Tortur, und ich versuche, den Hunden so viel Unterstützung wie möglich zu geben, indem ich den Schlitten vor mir herschiebe. Nach Sauerstoff ringend, stapfe ich mit müden Beinen, den Schlitten vor mir herschiebend, die Böschung hoch.

Den Anstieg zur Hälfte geschafft, geschieht das Unfassbare - ein Albtraum für jeden Musher. Ein betrunkener Skidofahrer steuert sein lärmendes, nach Benzin stinkendes Gefährt, in einem Affenzahn den Steilhang herunter. Im letzten Augenblick kippe ich den Schlitten zur Seite, um einen Zusammenstoß zu vermeiden. Meine Leithunde sind völlig verstört und drehen das Team. Die Zugleine zieht den Hunden, die in der Mitte des Gespanns laufen, die Beine weg. Nesquik, Babe, Sammi und Socke landen auf der Seite und haben keine Chance mehr, wieder auf die Pfoten zu kommen. Wir purzeln den Hang hinunter, und die Hunde verwickeln sich dabei in ihren Geschirren und Leinen.

Ich finde mich einige Meter neben meinen Hunden wieder und beginne sofort, die Verwicklungen zu entwirren, während ich meiner Wut freien Lauf lasse und diesen Mistkerl von Skidofahrer lauthals verfluche. Mein rechtes Bein schmerzt, und ein scharfer Gegenstand, ich vermute, der Schneeanker, hat mir den rechten Handschuh aufgeschlitzt. Zum Glück hat sich keiner der Hunde verletzt. Ich versuche, sie zu beruhigen.
»Ruhig Freunde, alles in Ordnung, es ist nichts passiert!«
Acht verängstigte Augenpaare sehen mich vorwurfsvoll an. Nicht nur meine Hunde haben die Schnauze gestrichen voll. Ich entwirre das Knäuel aus Hundeleibern und Leinen und brauche dafür fast fünfzehn Minuten. Ich bin froh, dabei keine Leinen zerschneiden zu müssen. Wenigstens diese Schikane wurde mir erspart.

Nach dem Erlebnis benötigen wir mehrere Anläufe, um den tückischen Anstieg zu bewältigen. Diese Aktion raubt den Hunden und mir sehr viel Kraft. Immer wieder kommt unser Zug zum Stehen und, um den schweren Packschlitten an diesem Steilstück wieder in Bewegung zu setzen, ist der volle Krafteinsatz notwendig.

Oben angekommen und völlig erschöpft von diesem unnötigen Akt, übersehe ich eine Trailmarkierung und finde mich plötzlich in einer Siedlungsstraße wieder, die in einer Sackgasse endet. Lange dreißig Minuten irre ich mit meinem Hundeteam in Siedlungen, zwischen fahrenden und parkenden Autos, umher.
Mehrmals wende ich in Hauseinfahrten mein Team und schlage eine neue Richtung ein. Die vor den Häusern angebundenen Hunde und Rentiere machen diese Aktion nicht gerade einfacher. Die Situation ist wirklich skurril. Ein verirrtes Schlittenhundeteam inmitten einer Stadt, und niemand findet es ungewöhnlich. Die wenigen Leute, denen ich begegne, würdigen mich keines Blickes. Aus hell erleuchteten Wohnzimmern blicken mich fragende Augen an. Ich liefere anscheinend heute Abend bessere Unterhaltung als das Fernsehprogramm.

Ich suche den Weg zurück, bis wir wieder an dem steilen Hang angekommen sind und bin ratlos. Laufen wir weiter, führt uns dieser Pfad wieder geradewegs den Abhang hinunter. Aber rechts von uns ist eine stark befahrene Straße. Meine Augen suchen nach einer Trailmarkierung. Es kann unmöglich sein, dass wir diese verkehrsreiche Straße überqueren sollen. Wenn doch, hätte man diese Stelle sicher besonders gut gekennzeichnet. Noch bevor ich eine Entscheidung treffen kann, schwenkt meine Leithündin Frosty auf die Autostraße, und ihre Teamkameraden folgen ihr bedingungslos. Ein vorbeifahrendes Auto legt eine Vollbremsung hin und schlittert direkt auf mich zu. Geblendet von zwei Scheinwerfern, befürchte ich, jeden Augenblick einen Zusammenstoß. »Frooostiee.«
Es geht ein Ruck durch die Zugleine, und nur wenige Zentimeter bewahren uns vor einer Katastrophe. Zielstrebig, die Nase dicht über dem Boden, führt diese

Wahnsinnige ihr Team auf die andere Straßenseite. Und tatsächlich, hier stehen wieder rote Markierungsstangen und bestätigen den Weg.

*

Wir schwenken in einen Fußgängerweg und plötzlich erkenne ich aus einiger Entfernung meinen LKW, der in Reih und Glied mit den anderen Fahrzeugen auf einem Hotelparkplatz steht. Die Hunde steuern zielstrebig auf ihren Hundetruck zu, und ich befestige den Schlitten an der Stoßstange des Lastwagens. Müde, entkräftet und mit einer Stinkwut im Bauch stehe ich nun da. Weit und breit keine Zeitnehmer, Musher oder parkende Teams. Wo, verdammt noch Mal, ist der Checkpoint in diesem Kaff, und was macht mein Auto hier auf dem Hotelparkplatz. Am liebsten würde ich meinen Frust laut herausbrüllen.

Ich trommle mit der Faust gegen den LKW. Ganz entgeistert öffnet Sonja die Tür. »Was machst du hier beim Fahrzeug? Ihr müsst auf die andere Seite des Hotels, da wartet der Zeitnehmer!«
Die hat Nerven. Wir irren seit einer halben Stunde im Ort herum und liefern den Einwohnern das Vorabendprogramm. Dann sollen wir auch noch erraten, in welchem abgelegenen Viertel der Stadt sich ein Checkpoint versteckt. Bin ich hier in einem Rennen oder bei einem Ratequiz?

Mit einer unbeschreiblichen Wut im Bauch steuere ich meine Leithunde und ihre Kameraden zwischen parkenden Autos hindurch auf die andere Seite des Hotels. Ein müde aussehender Zeitnehmer mit roten Hasenaugen notiert unsere Ankunftszeit, 21.10 Uhr.

Meine Laufzeit beträgt sieben Stunden und fünfundzwanzig Minuten.

In Kautokeino sind 713 Kilometer der Strecke bewältigt, doch zum ersten Mal, seit ich in Alta gestartet bin, lasse ich mir durch die negativen Erlebnisse der vergangenen Stunden die Laune verderben. Ich beklage mich vorwurfsvoll bei Sonja über die unvorteilhafte Lage dieses Checkpoints. Und das, obwohl ich weiß, dass mein Handler der Letzte ist, den man dafür verantwortlich machen kann. Aber irgendwo muss ich meinem Unmut Luft verschaffen. Die Strapazen des Tages stehen mir ins Gesicht geschrieben, und so zeigt sie Verständnis und lässt meine Wutausbrüche geduldig über sich ergehen. Handler zu sein ist eben keine leichte Aufgabe.

Ich parke mein Hundegespann entlang einer Zufahrtsstraße zu einem kleinen Hinterhof, über den das Hotel beliefert wird. Vor uns lagert das Team von Frode Bakke. Er kann noch nicht lange vor mir eingetroffen sein. Seine Hunde haben sich noch nicht schlafen gelegt. Auch die unberührten Depotsäcke weisen darauf hin. Der Musher macht einen müden Eindruck, und ich hoffe, dass ich noch etwas frischer aussehe als er.
»Wie lange hast du vor, hier zu bleiben?«, ist meine Frage.
»Meine Hunde sind nicht fit, einige haben Durchfall und verweigern das Fressen. Ich werde wohl länger hier pausieren müssen.«

Hier an diesem Lagerplatz ist es ungemütlich, windig und kalt. Das Thermometer zeigt eisige -35 Grad. Ich beginne sofort, den Hunden ein wärmendes Strohlager zu bauen. Ein Schneewall am Straßenrand dient wenigstens ein klein wenig als Windschutz für die Hunde. Ich werde meinen vierbeinigen Freunden ihre Hundemäntel anziehen und jeden Hund zusätzlich mit zwei Wolldecken zudecken. Nachdem ich den Hunden eine schmackhafte Mahlzeit angeboten habe, ergänze ich aus den Depotsäcken meine Ausrüstung und das Hundefutter im Schlitten. Dann bereite ich alles zur Weiterfahrt vor. An diesem kalten und ungemütlichen Ort werde ich mich nicht lange aufhalten.

Als ich mich endlich auf den Weg zu meinem Begleitfahrzeug mache, liegen bereits alle Hunde satt unter warmen Decken eingerollt und schlafen. Erschöpft wanke ich über den Parkplatz, da rast schon wieder ein Skido an mir vorbei und beschleunigt, was die Kiste hergibt. Ich bin kurz vor dem Überschäumen. Es ist schon traurig, wenn der Fahrer auf diese Weise versucht, seine Mitfahrerin zu beeindrucken. Der kann von Glück sagen, dass es bei diesem Rennen nicht Pflicht für den Musher ist, einen Revolver mit sich zu führen. Für heute habe ich die Nase voll von Skidofahrern und sehne mich nur noch nach einem warmen Schlafsack und einigen Stunden Schlaf.

Während ich mich ausruhe, ist mein Handler voll beschäftigt. Sonja trocknet meine Kleidung, wechselt die Batterien der Stirnlampen aus und richtet mir den Proviant für die nächste Etappe. Auch sie hatte heute einen schweren Tag. Die beiden Batterien im LKW haben in dieser Kälte versagt, und sie hatte ernsthafte Schwierigkeiten, den alten Diesel zum Laufen zu bringen. Auch der Kocher, die Heizung und das Licht in der Wohnkabine sind deshalb ausgefallen. Den ganzen Nachmittag hat sie eine Werkstätte gesucht, die in der Lage ist, die Batterien wieder aufzuladen. Auch sie ist erschöpft und hundemüde. Erst wenn ich diesen Kontrollpunkt wieder verlassen habe, wird sie Zeit finden für ein paar Stunden

Schlaf. Vorher werden wir zusammen eine Tasse Kaffee trinken und uns gegenseitig das Erlebte erzählen. Jetzt bin ich zu erledigt, um mich mit ihr zu unterhalten. Ich denke nur noch an Schlaf und hoffe, ich bin jetzt nicht ungerecht zu ihr.

*

Von Kautokeino nach Masi

Ich verlasse Kautokeino um 04.00 Uhr morgens. Langsam verdrängt der Tagesanbruch die Dunkelheit und die sanften Hügel am Horizont zeichnen sich scharf am Himmel ab.
Das Team von Frode Bakke hat vor mir den Checkpoint verlassen. Noch nicht einmal vier Stunden Pause hatte er seinen Hunden zugebilligt. Meiner Meinung nach für ein Gespann, das nicht frisst und von Durchfall geplagt wird, eine viel zu kurze Pause. Selbst die beiden führenden im Rennen, Robert Sorlie und Kjetil Backen, haben fünf Stunden in Kautokeino pausiert. Doch der Musher ist sicher erfahren genug, um zu wissen, was er seinen Schlittenhunden zumuten kann.

Beim Verlassen des Checkpoints sparen wir uns dieses Mal die Umwege durch Siedlungsgebiete und Einbahnstraßen und laufen auf direktem Weg zurück auf den Fluss. Die ersten Kilometer der 75 Kilometer langen Etappe werden wir auf diesem Fluss zurücklegen. Zwei streunende Hunde begleiten uns im Abstand von drei bis vier Gespannlängen. Die Herumtreiber sehen räudig und ausgezehrt aus. Wahrscheinlich wittern sie die vielen leckeren Fleisch- und Fischsnacks im Schlitten und folgen uns in der Erwartung, dass für sie einige schmackhafte Happen abfallen könnten.

»Sorrry Freunde, aber wenn ich euch auch nur einen kleinen Appetithappen zugestehe, dann habe ich euch bis Masi am Hals.«
Nach einer Stunde erfolgloser Jagd geben die beiden Streuner entmutigt auf und verschwinden im dichten Ufergehölz.

*

Es ist sehr kalt an diesem Morgen, und ich versuche, in Bewegung zu bleiben. Meine Erfrierungen an Nase, Kehlkopf und Stirn schmerzen. In einigen Tagen wird sich die abgestorbene Haut schuppen, und noch im Sommer werden die Erfrierungen als Male auf der Haut festzustellen sein.

Diese langweilige Flusspassage geizt mit Abwechslung und so beginne ich, mir Gymnastikübungen auf dem Schlitten auszudenken. Es fehlt nur noch der passende Beat, und ein neuer Aerobictrend ist geboren. Ein entgegenkommender Skidofahrer verrenkt sich fast den Kopf, als er mich so auf den Kufen rumhampeln sieht. Wahrscheinlich hält er mich für verrückt. Egal, mir wird warm dabei. Den Hunden scheint meine Choreografie zu gefallen, denn sie legen einen Zahn zu. Wenn sie in diesem Tempo weiterlaufen, erreichen wir Masi schon früher als geplant.

Endlich führt uns der Trail vom Fluss weg, auf eine Häuseransammlung am Ufer zu. Der Weg endet im Innenhof zwischen zwei bewohnten Holzhäusern. Wir schlängeln uns im Zickzackkurs zwischen parkenden Autos vorbei und wenige Meter weiter kreuzt eine Autostraße unsere Reiseroute. »Whoa meine Hunde, stehen bleiben.«

Auf der anderen Straßenseite erspähe ich eine rote Trailmarkierung, diese bestätigt mir den richtigen Weg.
»Ok Shari, Frosty, go.«
Ich gebe meinen Leithunden das Kommando, los zu laufen. Mit einem kurzen Ruck trabt das Team an. Nur einen Augenblick später wirft sich Shari auf den Bauch und bringt das Gespann abrupt zum Stehen. Wie eine Ziehharmonika, laufen die hinteren Teamkollegen auf. Nur ein Sprung mit beiden Beinen auf die Schlittenbremse verhindert ein Leinengewirr. Ich setzte gerade an, loszufluchen, da donnert unter bedrohlichem Beben ein Schneepflug vorbei. Das funkensprühende Räumschild schabt nur wenige Meter an den Leithunden vorbei, und der Windsog des tonnenschweren Ungetüms hüllt uns in eine dichte Wolke aus feinem Schneestaub. Ich bin starr vor Entsetzen. Wie konnte ich das riesengroße, laute Fahrzeug nur übersehen – die Straßenüberquerung ist doch gut zu überblicken?
Nicht auszudenken, wie diese Fahrlässigkeit hätte enden können. Ich muss mir einzig und allein selbst die Schuld zuschreiben. Ich muss wohl geschlafen haben! Schnell laufe ich nach vorne zu meiner Hundeprinzessin und nehme sie in die Arme.
»Danke Shari, das hast du gut gemacht, feine Maus. Tut mir leid meine Freunde, das war mein Fehler.«
An der Neckline führe ich die sichtlich eingeschüchterte Mannschaft diesmal sicher über die Straße.

*

Einen Kilometer müssen wir neben einer Leitplanke im unwegsamen, holprigen Straßengraben zurücklegen. Mit wackligen Knien stehe ich auf den Kufen, der Schreck der vergangenen Minuten sitzt mir noch in den Gliedern. Eine 90-Grad-Kurve lenkt uns von der gefährlichen Straße weg in einen Wald, und wir werden mit einem breiten Forstweg belohnt. Eine Traumpiste liegt vor uns. Die Bäume und Sträucher sind mit Raureif überzogen, eine verschneite Märchenlandschaft zieht an uns vorbei. In den ersten Sonnenstrahlen des Tages funkeln die Eiskristalle wie ein Meer von Diamanten. Ich habe mit Sehnsucht den Sonnenaufgang erwartet. Auch wenn die Außentemperatur nur unwesentlich ansteigt, hat man dennoch das Gefühl, als ob das warme Licht der Morgensonne der Kälte Einhalt gebietet und zu einer Pause zwingt.

»Es wird ein sonniger Tag meine Hunde!« Ich koste den Anblick, der sich mir darbietet, in vollen Zügen aus. Meine Stimmung steigt und auch die Hunde ziehen motiviert ihren Schlitten. Ich spreche jeden einzelnen an und lobe ihn ausgiebig. »Feine Socke, super Shari, ihr beiden seid unermüdlich an der Spitze!«
»Braver Lines, du bist heute der Fleißigste von allen.«
»Babe und Sammi, ihr seid immer noch mit Spaß dabei.«
»Hey, Dawson, mit deiner Kraft könntest du den Schlitten alleine nach Masi ziehen.« »Nesquik und Frosty, was würden wir wohl ohne eure Unterstützung machen?«
»Feine Jungs und Mädels, ihr seid ein tolles Team!«
Sie bedanken sich schwanzwedelnd und heben stolz ihre Köpfe. Das Laufen vor dem Schlitten macht ihnen Spaß, sie sind zufrieden.

Einziger Wermutstropfen an diesem schönen Morgen sind die Kufenbeläge des Schlitten. Der grobkörnige Pistenbelag mit seinen scharfen Schneekristallen wirkt wie Sandpapier. Die zerfurchten und verkratzten Kufenbeläge kleben regelrecht auf dem eisigen Untergrund. Von Gleiten kann nicht mehr die Rede sein, und so muss ich kräftig mit anschieben, um eine passable Reisegeschwindigkeit zu halten.

*

Aus dem dichten Waldgebiet führt der Trail in weitem Bogen um einen Hügel. Der breite Weg windet sich auf halber Höhe zwischen Tal und Gipfel durch schneeweiße Tundra. Sträucher und Flechten stehen nun vereinzelt und in weitem Abstand voneinander. Nur hier und da, bildet eine Hand voll Gestrüpp kleine Oasen in diesem weißen Meer. Ich stelle mir vor, welches fantastische Bild sich einem Piloten bieten würde. Aus der Luft betrachtet sieht unser Gespann sicher aus wie ein Tausendfüßler, der sich unermüdlich durch eine abgeschiedene Eiswelt kämpft. Die Spur die wir hinterlassen, ist kilometerweit als kleiner Faden in der Landschaft zu erkennen.

Plötzlich geht ein Ruck durch die Zugleine des Gespanns. Shari und die kleine Socke "in lead", bellen wie wild und stemmen sich in ihr Zuggeschirr. Die Hunde wechseln von unserem zügigen Tippeltrab ins Galoppieren, und der Ruck, der den Schlitten erfasst, bringt mich für einen kurzen Augenblick aus dem Gleichgewicht. Nur ein reaktionsschnelles, instinktives Nachgreifen zum Handlebar bewahrt mich vor einem Sturz.

Hohes Gebüsch säumt den Trail und verwehrt mir die Sicht auf den Streckenverlauf hinter einer langgezogenen Biegung. Irgend etwas haben meine Kameraden gewittert. Mit aller Kraft muss ich die Bremsmatte meines Schlittens in den Schnee drücken, um den Lauf meiner Hunde unter Kontrolle zu halten. Ich vermute, dass ein Elch oder eine Gruppe Rentiere den harten Trail als Spazierweg dem Tiefschnee vorzieht. Es ist erstaunlich, welche Energiereserven meine vierbeinigen Freunde mobilisieren können, wenn in ihnen der Jagdtrieb geweckt wird. Ich bin auf ein Zusammentreffen vorbereitet.

*

Die Verblüffung ist groß, als uns statt Elch oder Rentiere ein Schlittenhundeteam den Weg versperrt. Die Zugleine straff ausgeleint, den Schlitten mit zwei Schneeankern gesichert, parkt ein Huskygespann mitten auf dem Trail. Und weit und breit kein Musher in Sicht. Eine Gespannlänge hinter dem vorschriftsmäßig geparkten Hundeteam halte ich an. Wild entschlossen, dieses Team zu überholen, fängt meine Mannschaft sofort an, lauthals zu protestieren. Ich muss sie anschnauzen, ruhig stehen zu bleiben.
Aufgeschreckt von diesem Spektakel, schält sich ein Mannsbild aus dem Schlittensack und blickt mich genauso verdutzt an, wie ich ihn. Ich bin überrascht, Stein-Havard Fjestad zu sehen und nicht weniger erstaunt, dass dieser Hüne in seinem Schlittensack Platz gefunden hat. Seinem Gesichtsausdruck zufolge, hat er wohl nicht mehr mit einem vorbeikommenden Schlittenhundeteam gerechnet. Fjestad muss in ernsthaften Schwierigkeiten sein. Er hat vor sechsundzwanzig Stunden Kautokeino verlassen und ich habe lediglich sechs Stunden für diese Strecke benötigt. Bereits auf dem Fluss nach Kautokeino hatte der Musher seinen Lauf für mehrere Stunden unterbrechen müssen. Seine Hunde hatten sich einfach hingelegt, und das Weiterlaufen verweigert. In dieser Kälte auf dem windgepeitschten Fluss zu biwakieren ist ein Albtraum für jeden Schlittenhundeführer.

Ich spreche kein Wort norwegisch und so verständigen wir uns auf Englisch. Er bestätigt mir, dass er schon seit mehr als vierundzwanzig Stunden unterwegs ist. Seine Hunde wollen einfach nicht mehr weiterlaufen. Die eisig kalte Nacht hat er im Schlafsack und auf dem Schlitten verbracht.
»Ich fahre voraus, vielleicht trotten deine Hunde hinter mir her und ihr schafft es auf diese Weise bis in den Checkpoint«, schlage ich ihm vor. »Danke, ich komme schon zurecht. Fahr nur zu.« So ein sturer Kerl. Jeder andere Musher wäre heilfroh, in dieser Situation Starthilfe zu bekommen. »Bist du dir wirklich sicher? Es sind keine weiteren Teilnehmer mehr im Rennen. Wir beide sind die letzten Teams. Es werden also keine Gespanne mehr an dir vorbeikommen.«
Er überlegt für einen kurzen Moment, hat wohl die Nase voll vom Biwakieren und stimmt zu.
»Ok, lass' es uns versuchen. Wie ist dein Name?«
»Thomas Hoffmann.«
»Ich heiße Stein-Harvard Fjestad.«

»Also los, lass' uns zunächst die Hunde füttern, dann brechen wir auf.«
»Ich habe schon jeden Krümel, den ich im Schlitten hatte, verfüttert.«
Schlimmer kann's kaum noch kommen. Woher sollen dann die Hunde die notwendige Power erhalten? Ich vermute, der Musher hat auch die, laut Rennreglement vorgeschriebene Notration schon an die Hunde verfüttert. Eine Situation, in die ich hoffentlich niemals gerate.
»Ich habe noch genügend Fleischsnacks übrig, das reicht für beide Teams.«
In Masi liegen Depotsäcke für mich bereit und dort kann ich meine Reserven auffüllen.

Gerne nimmt er mein Futter an. Ausgehungert und gierig verschlingen seine Hunde die faustgroßen Fleischstücke. Ich hoffe, die zugeführte Energie wird reichen, das Schlittenhundegespann nach Hause zu bringen.

*

Wir kommen nur zögernd voran. Abgelenkt von unserem Verfolgerteam, findet mein Hundegespann keinen Laufrhythmus mehr. Immer wieder dreht einer der Hunde den Kopf nach hinten, und ich muss sie unentwegt antreiben, weiter zu laufen. Ich pedale und schiebe, was das Zeug hält, um den Schlitten in Bewegung zu halten. Nach dreißig Minuten bin ich schweißgebadet und kann einfach nicht mehr. Unzufrieden mit der Motivation meiner Hunde, stoppe ich das Team und verwöhne sie mit den gesammelten Werken bayerischer Flüche.
Ich ziehe die letzte Flasche Cola aus der Brusttasche meines Overalls und drehe mich zu unserem Begleiter um.
»Das kann doch nicht wahr sein!« Ich traue meinen Augen kaum.
Während ich mich hier als Schrittmacher abmühe, meinen Musherkollegen in den Checkpoint zu schleppen, steht dieser mit beiden Beinen auf den Schlittenkufen und trillert seinen Hunden ein heiteres Liedchen. Bevor der auch nur einen Fuß auf den Boden setzt und mithilft, campt er wohl lieber noch eine Nacht im Freien. Bei diesen Pfeifkonzerten ist es kein Wunder, dass meine Huskies immerfort ihre Nasen hinten haben.

Langsam schließt das Hundegespann zu uns auf. Ich stampfe zu Fjestad und biete ihm einen Schluck an. »Vielen Dank Thomas, aber ich denke, du kannst den Sprit besser gebrauchen. Du arbeitest gut hinter dem

Schlitten. Ihr trainiert in Deutschland wohl nicht nur eure Hunde!« Er verzieht keine Miene. Ich bin mir nicht sicher, ob er mich auf den Arm nimmt, oder doch froh darüber ist, dass ich ihn aufgelesen habe. Egal, er hat nicht unrecht, manchmal bin ich tatsächlich der beste Hund im Team.

Wir setzten den kleinen Konvoi wieder in Bewegung. Stein-Havard zwitschert seinen Hunden ein Lied, und ich pedale im Rhythmus und schwitze weiter.

Ich denke, Stein-Harvard wird in Masi das Rennen beenden. Ich kann mir nicht vorstellen, dass sich die Hunde in so kurzer Zeit regenerieren. Eine lange Pause kann sich der Teilnehmer nicht mehr leisten. Während alle Musher im Verlauf des Rennens ihre Gespanne verkleinert haben, zähle ich bei Fjestad immer noch vierzehn Hunde im Team. Damit ist er der einzige Schlittenhundeführer, der noch die komplette Mannschaft vor den Schlitten gespannt hat. Aus taktischen Gründen wäre es sicher vorteilhafter gewesen, er hätte schon in Karasjok seine schwächsten Hunde zurückgelassen.

*

Wenn das "Team Fjestad" also im nächsten Checkpoint das Handtuch wirft, werden wir das letzte Schlittenhundegespann sein, das noch auf die Ziellinie zustrebt. Ich versuche, diesen Gedanken zu verdrängen, denn je länger ich daran denke, umso mehr entkräftet mich diese Tatsache mental.

Der Letzte muss viel länger als alle anderen Teilnehmer die Strapazen aushalten. Er ist länger der eisigen Kälte und dem Schlafmangel ausgesetzt. Doch das Schlimmste,

womit er zurechtkommen muss, ist die Gewissheit, dass hinter ihm kein Gespann mehr folgt. Wenn er in Schwierigkeiten gerät, kann er nicht auf die Hilfe eines nachfolgenden Teams hoffen.
Die Aufmerksamkeit der Medien und der Zuschauer ist auf die ersten Gespanne, die die Ziellinie überqueren, gerichtet. Für diejenigen die sich noch weiter durch die Wildnis kämpfen, interessieren sich nur noch wenige. Was man zur moralischen Unterstützung am wenigsten gebrauchen kann, ist 200 Kilometer vor dem Ziel die Nachricht, dass das erste Team bereits "gefinished" hat. Während die Ersten feiern, quälen sich die Letzten noch von Checkpoint zu Checkpoint. Das letzte Gespann kommt oft Tage nach dem Sieger des Rennens in Ziel. Es ist in der Regel ein einsamer Zieleinlauf, empfangen von seinen Handlern und dem Zeitnehmer. Es ist verständlich, dass man als Schlusslicht nicht mit applaudierenden Zuschauermengen rechnen kann, denn wer hätte selbst das Durchhaltevermögen, sich mehrere Tage und Nächte im Zielgelände aufzuhalten, um den ankommenden Teams die Ehre zu erweisen.

Mein Ziel ist es, in diesem Jahr die Strecke zu bewältigen und zu finishen, dabei kommt es mir nicht auf die Platzierung an. Während der letzten Tage, haben immerhin neun, der ursprünglich einundzwanzig gestarteten Teams, das Rennen vorzeitig beendet und aufgegeben. Kapitulieren werde ich nie, nie, nie und wenn ich den Schlitten selbst weiter ziehen muss!

*

Endlich – müde und abgekämpft erreichen wir die Abfahrt ins Dorf Masi. Den Checkpoint vor der Nase, preschen meine Freunde den Abhang hinunter.

»Mein Gott, wer denkt sich solche Gemeinheiten aus?« Ich traue meinen Augen nicht.
Kurz vor der Einfahrt in den Checkpoint erwartet uns noch einmal eine Tücke der besonderen Art. Bei der Überquerung der Hauptstraße stellt sich uns eine Leitplanke in den Weg, als würde sie uns davon abhalten wollen, unser Etappenziel zu erreichen. Die Leitplanke erweist sich als riskantes Hindernis. Gegenseitig helfen wir uns über diese gefährliche Stelle und erreichen gemeinsam und unbeschadet um 12.06 Uhr den Checkpoint Masi.

Für den Musher Kjell Brennodden wird die Leitplanke nach 787 zurückgelegten Kilometern zum Verhängnis. Er kann sein Gespann auf dem steilen, vereisten Weg nach Masi nicht genügend abbremsen. Seine Hunde schaffen es gerade noch, über das Hindernis zu springen, doch der Schlitten prallt mit samt dem Musher in voller Fahrt gegen diese Schikane. Kjell bricht sich bei diesem bösen Sturz mehrere Rippen und kann das Rennen nicht wieder aufnehmen. Seine Hunde werden gerade von seinen Helfern in ihre Boxen verladen, der Musher ist auf dem Weg ins Krankenhaus.
Auch Frode Bakke, den Musher, mit den von Durchfall geplagten Hunden, sehe ich wieder. Auch für ihn ist hier in Masi, zwei Kontrollpunkte vor dem Ziel, Endstation. Wie ich vermutet hatte, war seine Pause in Kautokeino doch zu kurz für seine geschwächten Hunde. Spätestens jetzt wird die Härte dieses Abenteuers deutlich. Von einundzwanzig gestarteten Schlittenhundeteams, werden letztendlich nur zwölf das Ziel erreichen.

*

Im Checkpoint ist ja richtig was los. Ich habe nicht mehr damit gerechnet, auf so viele Teams zu treffen. Es herrscht Unruhe und Nervosität. Gerüchten zufolge wird ein Musher, der sich gerade einen Checkpoint weiter, in Suossjavri aufhält, wegen Doping kontrolliert. Die von ihm verwendete Pfotensalbe soll eine unerlaubte Substanz zur Schmerzlinderung enthalten. Über das Abschlecken der Pfoten nehmen die Hunde dieses Mittel auf und werden somit schmerzunempfindlicher. Ein klarer Verstoß gegen die Rennregeln. Über eine Disqualifikation des Teilnehmers wird nachgedacht. Die Verwendung der Salbe hätte er vorher mit dem Renntierarzt absprechen sollen. Ob nun Doping oder nicht, der Musher beendet 120 Kilometer vor dem Ziel das Rennen. Ich habe keine Zeit, mich um die anderen Teilnehmer zu kümmern und beginne damit, meine Huskies so rasch wie möglich zu versorgen. Meine ungeteilte Aufmerksamkeit gilt nun meinen am Straßenrand wartenden Hunden. Um sie werde ich mich die nächsten beiden Stunden kümmern.

Ich plane, nur eine kurze Rast von vier Stunden einzulegen. Bevor ich mich auf den Weg ins 50 Kilometer entfernte Suossjavri mache, werde ich mich im Laster aufwärmen und meine, von Blasen geplagten, Füße verarzten. Im letzten Checkpoint waren die Schmerzen in den Füßen noch erträglich. Auf den 75 Kilometern hierher, hat sich nun auch noch die letzte Hautschicht durchgerieben. An den Fersen wird rot leuchtendes Fleisch sichtbar. Als ich die ersten Druckstellen bemerkt habe, hätte ich die Schuhe wechseln sollen. Meiner Unachtsamkeit und Faulheit habe ich es zu verdanken, mit diesen Schmerzen die verbleibenden 170 Kilometer zu laufen. Was würde ich jetzt für die Pfotensalbe meines Mitstreiters geben! Anstatt seinen Hunden, hätte er mir die Salbe auf die Sohlen schmieren sollen. Die Müdigkeit erlöst mich von den brennenden Schmerzen. Mir fallen die Augen zu und ich schlafe tief und fest.

*

»Thomas aufwachen, komm endlich zu dir, verdammt noch Mal.«
»Was ist los, was ist passiert?«
Sonja steht aufgeregt vor mir und schüttelt mich aus dem Schlafsack. Ich bin ohne Orientierung, kann noch keinen klaren Gedanken fassen. Draußen ist es noch hell, ich kann also nicht lange geschlafen haben, sondern bin nur für wenige Minuten eingenickt!
»Thomas wach auf, nun mach schon. Fjestad schleicht sich aus dem Checkpoint.«
Wie von der Tarantel gestochen springe ich auf. Fjestad, das kann doch nicht wahr sein. Dieser Hundesohn gibt doch tatsächlich nicht auf und kämpft um jede Platzierung.
»Wo sind meine Socken, meine Schuhe, schnell, schnell!«
Er hat im Verlauf des Rennens immer mehr an Zeit verloren, und der Vorsprung auf uns beträgt nur noch wenige Minuten. Er wird im weiteren Verlauf große Schwierigkeiten haben, sein Team hinreichend zu motivieren. Hätte ich ihm vor wenigen Stunden nicht meine Hilfe angeboten, würde er wahrscheinlich immer noch kampieren.
»Nicht mit mir Freundchen!«
So einfach, wie er sich das ausgedacht hat, werde ich es ihm nicht machen. Auf unserer letzten Etappe in Richtung Ziel werden wir beide gegeneinander um eine Platzierung fighten.

In Rekordzeit mache ich mein Team startfertig. Um 16.49 Uhr verlassen wir Masi und beginnen die Verfolgungsjagd. Unser Rivale hat einen Vorsprung von vierundfünfzig Minuten.

*

Von Masi nach Suossjavri

Die Kälte ist schneidend, als wir Masi verlassen. Nachdem wir die Hauptstraße noch zweimal überquert haben, dirigiere ich meine Hunde auf der Dorfstraße zwischen den Häusern durch, auf den Fluss. Nach einer dreiviertel Stunde verlassen wir das Flusstal und biegen erneut auf eine kleine Nebenstraße, die auch von Autos befahren wird. Über mehrere Serpentinen, die das Überwinden dieses Steilhanges erst ermöglichen, erklimmen wir die Anhöhe. Langsam komme ich zu mir und spüre mich wieder. Es ging einfach alles ein bisschen zu schnell. Die lange Etappe von Kautokeino nach Masi, die Trailbegegnung mit Fjestads Team, das fluchtartige Verlassen des Checkpoints. Ich merke, wie nach fünf Tagen ärgster körperlicher Strapazen, meine Kräfte schwinden. Meine Bewegungen werden immer langsamer. Mir unterlaufen häufiger Leichtsinnsfehler, für einfache Arbeiten muss ich mich enorm konzentrieren. Kaum vorstellbar ist die Leistung, die von den Hauptakteuren, den Hunden, erbracht wird. Treu ergeben bringen sie diesen gewaltigen Einsatz einzig und alleine für mich, ihren Anführer.

*

Eine weite Strecke geht es stetig und leicht ansteigend bergauf über ein Hochplateau. Obwohl hier erst vor wenigen Minuten ein Hundegespann gelaufen ist, sind die Spuren nicht mehr zu erkennen. Der Wind, der pausenlos über dieses Plateau fegt, hat alle Abdrücke im Schnee beseitigt. Der permanente Anstieg des Geländes lässt den Hunden keine Gelegenheit, sich im Lauf zu erholen. Schicksalsergeben ziehen sie wie Ackergäule. Jeder Kilometer ist ein Kampf, und ich bleibe oft für wenige Minuten stehen, stapfe vor zu meinen treuen Vierbeinern und tätschle und lobe sie ausgiebig. Es ist wichtig, sie bei Laune halten auf dieser tristen, kräftezehrenden Wegstrecke.

Nur sehr schwer und oftmals im letzten Augenblick kann ich in diesem Licht der Dämmerung, Hindernisse und tiefe Bodenwellen erkennen. Immer wieder erwischt mich unverhofft eine Bodenwelle und fordert meine Schlittenfahrkünste heraus. Durch stundenlanges Stehen auf den schmalen Schlittenkufen und kräftezehrendem Mitpedalen sind meine Beine müde geworden. Die Gefahr eines Sturzes fährt ständig mit. Das Gespann durch einen Sturz oder ein unkontrolliertes Lenkmanöver aus dem Laufrhythmus zu bringen, würde uns sehr viel Kraft und Energie kosten.

Erste Büsche tauchen auf, bald werden die Sträucher kräftiger und stehen in kleinen Ansammlungen. Wenige Kilometer weiter, führt der Trail durch mehr oder weniger dichtes Gehölz. Es ist Nacht geworden, und das Thermometer fällt auf -28 Grad.
Der Schein meiner Kopflampe taucht das Gespann in weiches, mystisches Licht. Der Atem der Hunde in dieser eisigen Nacht zieht in kleinen Nebelschwaden über das Team hinweg. Nur das rhythmische Hecheln meiner Schlittenhunde und das gleichmäßige Gleitgeräusch der Schlittenkufen durchdringen die Stille. Es ist einer dieser

faszinierenden Augenblicke, die alle Strapazen der vergangenen Stunden und Tage rechtfertigen.

Der Blick auf die Uhr zeigt, dass es Zeit für eine Pause ist. Den letzten Stopp hatten wir vor zwei Stunden, die Hunde brauchen einen Energieschub. Ich beeile mich, die Hunde für ihre gute Leistung mit einem Leckerbissen zu belohnen. Ich möchte vermeiden, dass sie in dieser Kälte zu lange stehen, auskühlen und steif werden.
Nach dem Snacken der Hunde habe ich versäumt, die dicken Überhandschuhe über die leichteren Fingerhandschuhe zu ziehen. Mit den dünneren Fingerhandschuhen kann ich geschickter arbeiten als mit den unförmigen Fäustlingen. Schnell hole ich mir diese Überzieher, die ich mir hinter den Rücken gebunden habe, hervor und schlüpfe hinein. Ich habe das Gefühl, als würde ich meine Hände in ein Gefrierfach stecken. Meine Fingerspitzen brennen wie Feuer, und meine beiden Daumen schmerzen, als wären sie mir soeben abgehackt worden. Die Hände sind mein Schwachpunkt. Durch meinen Beruf bin ich täglich mit Wasser und Lotionen in Berührung und entsprechend empfindlich sind meine Hände.

Um keine Erfrierungen zu riskieren, muss ich wieder Leben in meine Finger bringen. Ich beginne, meine Hände gegen die Querstreben des Schlittens zu klopfen um die Durchblutung zu verbessern. Durch das Klopfen werden aber meine Schmerzen in den Daumengelenken nur noch verstärkt, und die Hunde von ihrem Lauf abgelenkt. Also versuche ich durch kräftiges Kneten des Handlebars meinen Extremitäten wieder Leben einzuhauchen. Erfolg habe ich erst mit der Kombination Kneten, Pedalen und neben dem Schlitten herlaufen.

Das Pedalen ist eine Schlittenfahrtechnik um die Hunde zu entlasten und die Laufgeschwindigkeit zu erhöhen oder konstant zu halten. Es ist oft auch die einzige Möglichkeit für den Gespannführer, in Bewegung zu bleiben und gegen die fortschreitende Unterkühlung zu arbeiten. Dabei steht der Schlittenhundeführer mit einem Bein auf einer Kufe und mit dem anderen Bein stößt er sich kräftig ab. Es ist eine Bewegung ähnlich wie beim Tretroller fahren, das aus der Kindheit bekannt ist. Nach fünfzehn bis zwanzig kräftigen Stoßbewegungen fängt meine Oberschenkelmuskulatur im Standbein an zu brennen wie Feuer, und ich wechsle Stand- und Spielbein.

Mit dieser Methode halte ich meine körpereigene Wärmeproduktion in Gang und werde hoffentlich so die nächsten Kilometer zum Checkpoint ohne Erfrierungsschäden überstehen.

*

Wieder einmal bin ich dieser schneidenden Kälte ausgeliefert, die man kaum aushalten kann. Während des langen Weges vor mir, konzentriere ich mich nur auf den Lauf der Hunde. Ich verfalle in einen langsamen, tranceartigen Rhythmus – treten, treten, treten; Bein wechseln, treten, treten, treten. Die Hunde sind in den Trab gefallen, den sie stundenlang beibehalten können, ohne müde zu werden.

Nach und nach versinke ich so tief in die sich wiederholenden Bewegungsabläufe, dass ich die erfrorenen Finger und Füße, die von Krämpfen durchzuckten Oberschenkel, den Druck der pausenlosen Anspannung nicht mehr bemerke.

All die Qualen und Strapazen gehen in einem euphorischen Zustand auf. Es ist, als würde man sich selbst von außen betrachten. Man spürt weder Kälte noch Wärme, noch den Wind auf der Haut. Man empfindet keinen Hunger oder Durst und auch keinen Schmerz mehr, sieht sich selbst funktionieren, wie durch eine Käseglocke abgeschirmt von allen Einflüssen. Während der Körper sich langsam betäubt, wird der Geist immer weiter. Impressionen und Gefühlsregungen werden mit doppelter Intensität wahrgenommen. Glücksmomente empfindet man noch intensiver, Verzweiflungsphasen und Angstzustände umso drohender und abgründiger. Und trotzdem fühlt man in solchen Momenten so etwas wie Glück in sich aufsteigen, die Quelle, aus der man die Kraft schöpft, sich dem Leben zu stellen. Wie der Entdecker einer neuen Welt blickt man auf einen neuen Horizont und spürt, dass dieser Augenblick die Kraft besitzt, das weitere Leben zu verändern.

Ich weiß, dass mich die Erfahrung dieses Abenteuers verändern wird. Ich werde egoistischer werden. Nach einer solchen Erfahrung tut man nur noch das, was man wirklich als wichtig erachtet. Man passt sich weniger an, auch nicht in Kleinigkeiten. Vielleicht mögen das manche auch als Nachteil sehen, ich finde darin viel Positives.

Bereits nach vier Stunden und fünfzehn Minuten erreichen wir um 21.15 Uhr Suossjavri. Ich habe das Gefühl, als wären wir erst vor wenigen Minuten aus Masi gestartet. Völlig in Gedanken versunken, habe ich diese Strecke hinter mir gelassen. 837 Kilometer sind bewältigt.

Die Hunde von Stein-Harvard Fjestad haben sich noch nicht hingelegt, er kann also noch nicht lange eingetroffen sein. Trotzdem, wir waren lediglich um acht Minuten schneller auf diesen 50 Kilometern. In Suossjavri müssen alle Gespanne einen achtstündigen Pflichtstopp einhalten. Fjestad wird keine Minute länger im Checkpoint bleiben und somit sechsundvierzig Minuten vor mir auf die Strecke gehen. Wir werden ihn also weiterhin jagen!

Sonja erschrickt, als sie mich so sieht. Im hellen Scheinwerferlicht des Hundetrucks muss ich wohl ein armseliges Bild eines Mushers abgeben. Ich bin heilfroh, dass ich keine Gelegenheit habe, mich ausgemergelt, müde und erschöpft im Spiegel zu sehen. Mein Handler kann der Versuchung nicht widerstehen, ein Foto von mir zu knipsen. Unrasiert und mit kleinen schläfrigen Augen stehe ich da. An Hals und Wagen hat sich meine Haut durch Erfrierungen rotbraun verfärbt. Meine von Natur aus dominante Nase leuchtet wie ein feuerroter Lampignon. Noch ist mein Gesicht durch die eisige Kälte unnatürlich aufgequollen, aber schon wenige Stunden später wird es auf Fotos ausgezehrt und eingefallen wirken. In den vergangenen sechs Tagen habe ich elf Kilogramm an Gewicht verloren. Den Overall in Größe 52, den ich trage, fülle ich schon längst nicht mehr aus. Sonja kann es kaum glauben, aber ihr Daunenanzug in Damengröße 38 passt mir wie angegossen. Die letzte Etappe werde ich also mit ihrem Anzug bestreiten.

*

Von Suossjavri über Joatka nach Alta

Behutsam wecke ich meine treuen Kameraden, indem ich vorsichtig die dichten Wolldecken entferne, mit denen ich sie, zum Schutz vor dem eisigen Wind, zugedeckt habe. Ich balsamiere ihnen die Pfoten und kontrolliere dabei die Pfotenballen auf kleine Verletzungen. Anschließend massiere ich jeden einzelnen meiner Hunde die Schultern, Brust und Rücken. Dabei schildere ich ihnen in schönsten Farben, welch traumhafte Trails uns auf der letzten Etappe zum Ziel erwarten. Ich hoffe, dass meine Motivationsstrategie zum gewünschten Erfolg führen wird.

Um sie für den bevorstehenden Endspurt zu kräftigen, habe ich ihnen ein warmes Frühstück aus Pansen und Trockenfutter zubereitet. Die eigens für dieses Rennen organisierten Lachsstücke haben meine Hunde bis jetzt verschmäht und stattdessen dem Pansen und dem Lamm vorgezogen. Nur für meine Leithündin Shari wurden die Fischhappen auf dieser Reise zu ihrer Leibspeise. Speziell für meine treue Hundedame koche ich eine wohlriechende Lachssuppe mit großen Fischstücken darin. Stolz auf ihre Extrawurst, schlabbert Shari genüsslich ihr Festmenü.

Ich mache mich gerade daran, meinen Rastplatz aufzuräumen. Ausrüstungsgegenstände, die nicht zur Pflichtausstattung gehören, und auf meinen letzten Kilometern

nicht mehr benötigt werden, lasse ich in den Depotsäcken zurück. Ich versuche, das Gewicht des Schlittens so gut ich kann zu verringern, um meinen Hunden die Arbeit zu erleichtern. Mit fertig bepacktem Schlitten, werde ich in wenigen Minuten den Checkpoint verlassen. Während meiner letzten Startvorbereitungen, gesellt sich plötzlich ein Checker an meine Seite.
Das kann doch nicht sein Ernst sein, mich jetzt noch kontrollieren zu wollen. Gestern Nacht bei meiner Ankunft und heute Morgen, als ich das Futter für die Hunde zubereitet habe, wären günstige Gelegenheiten gewesen, um die Schlittenkontrolle durchzuführen. Aber doch nicht jetzt, so kurz vor dem Start zur letzten Etappe. Hat denn dieser Helfer überhaupt kein Gefühl für die Situation? Meine Augen formen sich zu schmalen Schlitzen und ich werfe ihm einen Blick zu, der eindeutige Mordabsichten zu verstehen gibt. Unbeeindruckt und mit einer Seelenruhe lässt mich dieser Plagegeist den Schlittensack öffnen, um den Inhalt genauestens zu inspizieren.
Ich zwinge mich zur Beherrschung, aber am liebsten würde ich diesem Quälgeist in den Hintern treten. Wie dumm wäre es, so kurz vor dem Erreichen des Zieles eine Disqualifikation zu riskieren, indem ich gegen Rennregeln verstoße.

Havard Fjestad hat schon vor einigen Minuten den Checkpoint verlassen. Noch befindet er sich in Sichtweite. Vermutlich hat er Startschwierigkeiten, denn sein Gespann hält an einer Stelle, an der Trail vom Ufer auf den Fluss führt, und der Musher ist damit beschäftigt, seine Leithunde umzuspannen.

Ich hatte mir vorgenommen, meinen Konkurrenten bis zum Ziel nicht mehr aus den Augen zu lassen. Auch wenn wir wahrscheinlich die letzten Gespanne sind, die über die Ziellinie laufen. Wir werden beide um die bessere Platzierung kämpfen.

Je länger mich dieser Checker aufhält, umso geringer wird meine Chance, dem Team von Fjestad auf Sichtweite zu folgen. Ich sitze wie auf Kohlen. »Nun mach schon Junge, mach schon!«

*

Endlich – mit erhobenen Daumen gibt mir der Zeitnehmer die Erlaubnis, den Checkpoint zu verlassen. Es ist mittlerweile 05.30 Uhr, und wir sind mehr als zwanzig Minuten hinter unserem Zeitplan.
Hastig klinke ich die Schnapper der Zugleinen in die Schlaufen der Zuggeschirre ein. Dabei könnte ich bei jedem Schnapper laut aufschreien, solche Schmerzen bereitet mir diese Arbeit. Seit Tagen habe ich an Daumen und Zeigefinger unzählige Schnitte von den Messingkarabinern der Zugleine. Durch die Kälte platzen meine Finger an diesen Stellen auf, wie Würstchen im heißen Wasser. Die tiefen Einschnitte lassen mich bei jeder Berührung vor Schmerz zusammenzucken. Ein tiefer Einschnitt am rechten Zeigefinger ist besonders schlimm. Hier klafft eine, Zentimeter lange Wunde, tief bis auf den Knochen. Doch jetzt bloß nicht zur Memme werden!

Sonja führt uns über den Rastplatz zur Einfahrt auf den Trail. »Wir sehen uns am Ziel, ich werde auf euch warten«, gibt sie mir mit auf den Weg. Mit heiserer Stimme gebe ich das Startkommando: »Ok go Shari, go meine Hunde.«
Im Zeitlupentempo schleichen wir aus dem Checkpoint. Von dem kraftvollen, vorwärtsstrebenden Team von

gestern ist nichts mehr zu erkennen. Ich habe das Gefühl, als würde ich auf ein fremdes Gespann blicken. So müde und unmotiviert habe ich meine Hunde noch nie gesehen. Hoffentlich sind sie nicht krank – dann hätte es wenig Sinn, das Rennen fortzusetzen. Ich habe auch keine Zeichen dafür festgestellt. Alle Hunde hatten einen gesunden Appetit und keiner meiner Freunde ist von Durchfall geplagt. Ich springe vom Schlitten und laufe nach vorne. Während ich im Schritttempo vor meinen Leithunden herlaufe, quälen wir uns in den diesigen, trüben Morgen. Es ist ein Trauerspiel. Ich bin mit den Nerven am Ende und führe Selbstgespräche.

»Jetzt nicht nachdenken, mache einfach weiter. Dreh dich nicht um, mache weiter, denke nicht drüber nach. Lauf weiter, lauf weiter, die Hunde werden dir schon folgen, Meter für Meter. Aufgeben wirst du nie, du nicht, nie im Leben.«

Jetzt, so kurz vor dem Ziel, das Team zu wenden und zum Checkpoint zurückzufahren, käme einem Kapitulieren gleich. Die 1000 Kilometer zu bewältigen, bedeutet viel mehr für mich, als nur ein Rennen durchzustehen.

»Wir werden nicht aufgeben! «

Das Bild, das wir unseren Beobachtern liefern, muss erbärmlich sein. Ich werde mich jetzt nicht umdrehen und in die mitleidigen Gesichter der Helfer blicken. Für mich gibt es nur eine Blickrichtung – nach vorne. Meine Bemühungen als Leithund zeigen leider nicht den gewünschten Erfolg, und nach wenigen Metern kommt das Gespann zum Stehen. Frosty legt sich an Ort und Stelle in den Schnee und kringelt sich ein.

Es ist dieselbe Stelle, an der Fjestad vor wenigen Minuten ebenfalls Probleme hatte, als ich ihn beobachtete. Obwohl wir nur einen Steinwurf von unserem nächtlichen Lagerplatz entfernt sind, ist es in dieser Senke, in der der Trail vom Ufer auf den Fluss zweigt, um einige Grad kälter. Eine lähmende Kälte, mit der uns dieser Morgen empfängt.

*

Wir sind außer Sichtweite des Checkpoints, und die Schinderei geht weiter. Für die ersten zwei Kilometer benötigen wir mehr als zwanzig Minuten. In der eisigen Morgenkälte laufen die Hunde mit steifen Gliedern. Frosty hat keine Lust, ihr Rudel aus dem Checkpoint zu führen. Immer wieder setzt sie sich in den Schnee und zwingt das Gespann, stehen zu bleiben. Ich spanne um und setze Socke "in lead" und Frosty eine Reihe nach hinten, "in swing". Mit Socke an der Führungsspitze, beginnt das Team wieder gleichmäßig zu arbeiten. Doch nur wenige Augenblicke später fängt Frosty an, wie eine Furie ihre Teamnachbarin Nesquik, mit kurzen, bissigen Angriffen zu drangsalieren. Sie ist in ihrer Ehre gekränkt, das ich ihr die Führungsposition entzogen habe und lässt ihre Entrüstung am Nachbarn aus. So hat das keinen Sinn. Nesquik ist den Wutausbrüchen ihrer Schwester einfach nicht gewachsen. Ich bleibe stehen und platziere dieses kleine Miststück neben Dawson. Der massige Rüde wird das boshafte Früchtchen schon zurechtweisen. Wir sind kaum angefahren, da hängt Frosty, dieses schwarzweiße Scheusal, Dawson schon im Nacken.

»Frosty du böswilliges Luder, jetzt hör endlich auf!«

Frosty zwickt dem eingeschüchterten Dawson ins linke Ohr.

»Frosty Stopp, aus, Pfui.«

Sie beißt den Rüden in die Beine, in die Schnauze, hängt ihm am Kragen, wie eine Zecke. Die Geschwindigkeit, mit der sie den armen Dawson mit ihren Zornattacken

peinigt, lässt dem Rüden keine Möglichkeit zur Verteidigung.
»Frooostiee«, ich brülle aus Leibeskräften.
Sie weiß, dass sie meine Geduld nicht überstrapazieren darf und lässt von ihrem Teamgefährten ab. Doch ihr Tobsuchtsanfall geht weiter. Jetzt ist die Zugleine an der Reihe. Dieses Hundevieh verbeißt sich in der Zentralleine, stemmt sich mit ihrem ganzen Körpergewicht dagegen und versucht doch tatsächlich, die vor ihr laufenden Hunde zurückzuhalten. Jetzt reißt mir aber der Geduldsfaden. Dieser Drache ist eine Strafe für jeden Hund, der neben ihr laufen muss.
»Jetzt hör mir Mal gut zu, du Ungeheuer. Ich bin fest entschlossen, noch heute das Ziel in Alta zu erreichen. Entweder du läufst jetzt anständig an der Spitze oder ich stopfe dich in den Schlittensack und hole dich bis ins Ziel nicht mehr heraus!« Dabei reiße ich demonstrativ die breiten Klettverschlüsse auf, mit denen der Transportsack vom Schlitten verschlossen ist. Ich komme mir vor, wie der Nikolaus, der einem unartigen Kind den großen, dunklen Krampussack androht. Das "Rrratsch" als sich die Klettverbindungen öffnen, durchdringt die Stille wie ein Gewehrschuss und lässt die Hündin zusammenzucken. Eine schlimmere Schmach, als in den Schlitten gesetzt zu werden, kann sie sich nicht vorstellen. Das wäre das erste Mal in ihrem Hundeleben. Mit giftsprühenden Augen sieht sie mich an. Ich öffne die Messingkarabiner ihrer Neckline und Tugline und mit einem Satz flüchtet sie nach vorne. Sie stellt sich provozierend und schwanzwedelnd vor ihr Team, entscheidet sich wohl fürs Mitlaufen.
Schließlich setze ich sie wieder an die Spitze des Gespanns und mit hocherhobenem Schwanz signalisiert sie ihren Artgenossen: »Damit das ein für allemal klar ist, der Chef hier bin ich!«

Ich hoffe inständig, dass der Rest der Mannschaft dieses Zickenschauspiel nicht zum Anlass nimmt, ebenfalls auszuflippen.

*

Schneller als ich dachte, ist wieder Ruhe eingekehrt und die befürchtete Meuterei bleibt aus. Die anfänglichen Startschwierigkeiten sind vergessen, und wir kommen gut voran. Nach dreißig Kilometern führt uns der Trail zur Mällesjok Lodge, und ich entscheide mich für eine kurze Pause. Im Schutz des großen Holzgebäudes ist es windgeschützt und für wenige Minuten können wir uns in der Sonne aufwärmen. Diese Lodge wird im Moment nicht bewirtschaftet. Die Fensterläden sind verschlossen, die breite Eingangstür ist tief verschneit. Der von Hundepfoten zertrampelte Platz vor der Hütte und Futterreste im Schnee sind ein unverkennbares Zeichen, dass dieser Standort auch anderen Teams als Rastplatz gedient hat. Diese Lodge ist vergleichbar mit einer Alpenvereinshütte. Wenn sie in Betrieb ist, findet man in diesem Gebäude eine warme Stube und ein Bett.

Gestärkt durch einen saftigen Fleischsnack für die Hunde und durch eine Hand voll Nüsse und Trockenfrüchte für den Musher, machen wir uns wieder auf den Weg. Eine Stunde lang reiht sich Hügel an Hügel. Es hat angenehme -15 Grad und die Hunde laufen mit Freude. Nur selten muss ich an den Steigungen mithelfen und anschieben. An den abschüssigen Stellen verlangsame ich ihren Lauf mit kurzen Tritten auf die Bremsmatte.

»Whoa Hunde, stehen bleiben.«
Nach einer kurzen, steilen Abfahrt stoppe ich das Gespann. Vor uns ist eine endlose weiße Ebene. Wir

stehen am Ufer des größten Sees in Norwegen. Der Trail führt kerzengerade über diese weite Fläche. Die Markierungsstäbe, die im Abstand von ca. zwanzig Metern ins Eis gesteckt sind, stehen mit einer unglaublichen Präzision hintereinander und verlieren sich im Horizont.

Kilometer um Kilometer laufen wir, ohne auch nur einen Meter abzuweichen, geradeaus. Auf dem Eis liegt knöcheltiefer, weicher Schnee und verhindert ein kräfteschonendes Gleiten des Schlittens. Der schwerbeladene Schlitten sinkt mit den Kufen ein und klebt förmlich am Untergrund. Von der Seite bläst der Wind so kräftig, dass ich mit aller Kraft den Schlitten in der Spur halten muss. Der rote Transportsack des Schlittens bietet dem Wind seitlich eine große Angriffsfläche. Der Schlittensack wirkt wie ein Segel, doch leider ist die Windrichtung gegen uns. Ich versuche, die Hunde zu unterstützen und pedale kräftig mit. Meine Mithilfe erzielt aber nicht die gewünschte Wirkung. Im Stehen vergrößere ich nur die Bremswirkung gegen den Wind. Um unser Vorwärtskommen nicht noch mehr zu erschweren, knie ich mich auf die Kufen und mache mich so klein wie möglich. Auf diese Weise sind wir etwas windschlüpfriger geworden. Ich hoffe, die Hunde haben noch ausreichend Kraft, gegen den Wind und den tiefen Trail anzukämpfen. Eine größere Unterstützung kann ich ihnen leider nicht bieten. Seit einer Stunde verharre ich in dieser Position, kämpfe gegen Wadenkrämpfe und kalte Finger. Meine Freunde stellen sich eisern dem Wind entgegen und traben in den weißen Horizont. Dieser See mit seiner eintönigen Überquerung will einfach nicht enden.

Am Gleitgeräusch der Kufen erkenne ich, dass meine Huskies einen Gang höher geschaltet haben, und ich luge seitlich am Schlitten vorbei nach vorne. Gott sei Dank, ich kann in der Ferne das Ufer erkennen. Nur noch einen halben Kilometer und wir sind diesem Windkessel entflohen.

Eine kurze Verschnaufpause, haben sich meine Freunde jetzt wahrlich verdient. Ich belohne jeden mit einem großen, saftigen Stück Pansen, den sie sichtlich genießen. Ich nutze die Zeit, um mir die Beine zu vertreten. In dieser Zwangshaltung auf den Schlittenkufen zu knien, war nicht nur unbequem, sondern auch eisig kalt. Ich stapfe wie ein Storch um das Hundegespann herum durch den Schnee, und langsam kommt wieder Leben in meine abgestorbenen Gliedmaßen. An dieser Stelle ist es völlig windstill. Das tut nicht nur mir, sondern auch meinen Hunden gut. Es ist, als wolle sich die Natur für die Strapazen der Seeüberquerung entschuldigen. Der beißende Wind der letzten Stunden hat das Kältegefühl verstärkt und ungemütlich werden lassen. Eine Fahrt ohne diesen Peiniger wäre wesentlich angenehmer für uns.

*

Leider geht dieser Wunsch nicht in Erfüllung. Schon wenige Minuten nach Verlassen unseres Rastplatzes, peitscht uns der Wind wieder frontal entgegen. Lange Steigungen über viele Kilometer, zwingen mich kräftig mitzuhelfen. So kühle ich wenigstens nicht so schnell aus. Als wir ein Hochplateau erreichen, bläst der Wind noch einmal eine Spur kräftiger. Erwischt eine Windböe den Schlitten von der Seite, habe ich alle Hände voll zu tun, diesen in der Spur zu halten. Ich ziehe mir meine Fellkapuze tief ins Gesicht. So schütze ich mich vor den scharfen Eiskristallen, die der Wind als Beilage serviert. Meine Hunde sind dieser Marter leider schutzlos ausgeliefert. Mit aufgestelltem Haarkleid und angelegten Ohren zeigen sie ihr Unbehagen.

Seit einigen Minuten bewegt sich ein kleiner, dunkler Punkt auf uns zu. Die vom Wind aufgewirbelten Schneekristalle lassen alles wie durch Milchglas erscheinen. Noch ist es unmöglich zu sagen, was dieses Etwas wohl ist. Doch je näher wir kommen, umso größer werden die Umrisse. Als eine Lücke in die windige Schneewand reißt, erkenne ich eine Gruppe Tourengeher, die auf Skiern, einen Transportschlitten nach sich ziehend, über das Plateau stapfen. Ich kann mir nicht vorstellen, dass dieser Sport bei den Wetterbedingungen Spaß macht. Aber das werden diese Skifahrer wohl auch über mich denken. Wir nicken uns nur kurz zu, als wir aneinander vorbei fahren. Ich nehme an, die Gruppe ist von Joatka aus gestartet, und so müssten wir schon bald den Checkpoint erreichen. Tatsächlich, schon nach wenigen Kilometern befinden wir uns auf der langen Abfahrt ins Tal, auf Joatka zu.

*

Viereinhalb Stunden, nachdem wir Suossjavri heute morgen verlassen haben, erreichen wir Joatka um 10.05 Uhr. Es ist das letzte Mal auf unserer Reise, dass wir dem Zeitnehmer unsere Ankunftszeit quittieren. »Schön dich zu sehen, Thomas, so wie die Dinge stehen, werden wir uns heute Abend auf der Big Party sehen. Du hast noch 50 Kilometer bis ins Ziel, der Trail ist gut, du dürftest keine Schwierigkeiten mehr haben.«
»Ja, sieht wohl so aus, als würden wir uns heute Abend amüsieren«, antworte ich dem freundlichen Helfer.
Ein kurzer Gruß zum Abschied und wir setzen die Fahrt, ohne im Checkpoint zu rasten, fort.

Aus der Kontroll-Liste des Zeitnehmers konnte ich entnehmen, dass ich den Zeitrückstand auf den Konkurrenten Fjestad nicht verringern konnte. Die Chance, ihn auf den letzten 50 Kilometern einzuholen, ist stark gesunken. Wenn der Musher einen Clean-Run bis ins Ziel hat, habe ich keine Aussicht mehr, ihn zu Gesicht zu bekommen.

Von Joatka führt der Trail weiter über einen See und ein Plateau. Es sind nur noch wenige, leichte Steigungen zu überwinden, so macht das Fortkommen richtig Freude. Es wimmelt nur so von Skidofahrern, die sich in diesem Gebiet austoben. Es kommen Erinnerungen an die unangenehmen Begegnungen in Kautokeino in mein Gedächtnis. Diesmal sind es jedoch angenehme Begegnungen und freundliche Fahrer. Ich treffe ganze Familien, die mit Kindern einen Ausflug machen. Diese freuen sich riesig, wenn sie ein Hundegespann sehen und winken mir mit strahlenden Gesichtern und großen Kinderaugen zu.

*

Auch im Training in Norwegen oder Schweden wurde ich schon von manchem Idioten attackiert, weil er den Weg für sich alleine beansprucht hat. Es ist schon absurd. Die rasen mit ihren stinkenden Maschinen durch die Natur und haben dabei noch nicht Mal ein schlechtes Gewissen. Fühlen sich von Hundegespannen belästigt und führen erbitterte Kämpfe gegen die Hundebesitzer. Jährlich werden Hunderte von Quadratkilometern Natur asphaltiert, verbaut, verseucht. Es gibt kaum noch Orte auf dieser Erde, an denen der Mensch im Einvernehmen mit der Natur lebt. Ich möchte nicht von mir behaupten, dass ich das tue. Auch ich genieße die Vorzüge der Technik. Aber ich achte das Leben und gehe bewusst mit den

Ressourcen meiner Umwelt um. Ich sehe dieses Abenteuer auch als Hinweis und Fingerzeig, zu welchen Leistungen Menschen fähig sind, wenn sie ihre Mitbewohner, die Tiere und die Natur, achten und respektieren. Wer sich in den sogenannten zivilisierten Ländern dieser Welt als Fußgänger, mit Hundegespann oder auf dem Pferderücken durch die Natur bewegt, wird als Eindringling bekämpft. Als Freizeitspaß mit Motorschlitten, Motorrädern oder Geländefahrzeugen durch die Landschaft zu preschen, ist dagegen anscheinend völlig normal. Um bequem die entlegensten Winkel der Erde zu bereisen, wird es immer Menschen geben, die diesen Irrsinn befürworten. Der Missbrauch einiger Alpenregionen als regelrechte Erlebnisparks, ist vielleicht nur der erschreckende Anfang. Bequem per Seilbahn erreicht selbst der faulste Mensch den Gipfel.

*

Vorbei an vielen Wochenendhütten geht es noch einmal einige Kilometer leicht bergauf. Auf der Anhöhe eröffnet sich uns ein traumhafter Ausblick auf Alta und sein Fjord. Sonnenschein und ein strahlend blauer Himmel entschädigen uns für die windige Überfahrt bis Joatka. Das Ziel so nah vor Augen, fällt die Spannung von mir ab und ich genieße diese unbeschreibliche Landschaft und das traumhafte Wetter.

Der Skidotrail, auf dem wir laufen, hat Autobahnbreite und führt geradeaus über einen Berg. Links biegt ein weiterer Skidoweg ab und schlängelt sich in sanftem Bogen über einen kleineren Hügel. Weit und breit sind keine Markierungen zu sehen, deshalb entschließe ich mich, geradeaus unsere Spur beizubehalten. Der Trail führt uns über die Bergkuppe und auf der anderen Seite wieder stetig bergab. Wir erreichen eine von Autos befahrene Bergstraße, die steil und in engen Serpentinen talwärts führt. Mir kommen Zweifel, ob wir uns noch auf dem richtigen Weg befinden. Da ich aber immer wieder verlorene Booties am Straßenrand finde, die von meinen Vorgängern stammen könnten, fahre ich weiter. Zu spät bemerke ich, dass streunende Hunde aus den Dörfern die Booties hierher verschleppt haben. In dieser steilen Abfahrt habe ich keine Möglichkeit mehr, das Gespann anzuhalten. Die Krallenbremse scharrt ohne Wirkung über den vereisten Asphalt. Erst als wir das Tal erreicht haben, kommen wir zwischen den Häusern zum Stehen. Jetzt gibt es keinen Zweifel mehr – ich habe mich heillos verfahren.

*

Ich bin völlig demoralisiert, denn nur noch wenige Kilometer trennen uns vom Ziel in Alta, und ich habe den Weg verloren. 950 Kilometer haben wir, unter teilweise widrigsten Bedingungen, hinter uns gelassen. Auf den letzten Kilometern passiert mir dieser dumme Fehler. Anstatt mich auf die Strecke zu konzentrieren, mache ich Landschaftsbetrachtungen wie ein unerfahrener Tourist. Ich könnte mich selbst ohrfeigen.

Ich parke mein Team vor einem kleinen Holzhaus, binde den Schlitten an einem alten Autowrack fest und klopfe die Besitzer heraus. Ein kleiner, stämmiger Mann öffnet die Tür und schaut mich verwundert an. Er mustert mich von Kopf bis Fuß, sieht das Hundeteam hinter mir und erkennt sofort, dass ich ein Teilnehmer des verrückten Schlittenhunderennens sein muss. Ich erkläre ihm, dass ich den Weg verloren habe und seine Hilfe brauche. Sein Englisch ist kaum zu verstehen, so unterhalten wir uns mit Händen und Füßen. Zu meinem Entsetzen macht er mir klar, dass ich den Berg auf der falschen Seite abgefahren bin und den ganzen steilen Weg zurück nach oben muss. Mein Gott, diese Strapaze hätte ich vermeiden können, hätte ich nur ein wenig besser aufgepasst.

Er erklärt sich bereit, mir den Weg zu zeigen, und bis zur Abzweigung auf den Trail mit dem Skido voraus zu fahren. Er knüpft dies aber an eine kleine Bedingung. Bevor er mir den Weg zeigt, muss ich für ein Familienfoto herhalten.
In Windeseile trommelt er seine ganze Sippe zusammen. Die fünf Kinder stehen wie die Orgelpfeifen hinter dem Schlitten, Oma und Opa platziert er zwischen die Hunde und seine barocke Frau liegt ausgestreckt auf dem Schlittensack. Ich muss mich auf die Kufen stellen und so tun, als schiebe ich kräftig an. Dabei bete ich zum Himmel, dass mein Schlitten die zusätzliche Last seiner Frau noch aushält. Die Dame bringt meiner Schätzung nach, locker 120 Kilo auf die Waage. Dann stellt der kleine Mann seine Kamera auf eine Mülltonne, drückt den Selbstauslöser und flitzt eilig zum Schlitten, um vor seiner Gattin kniend seinen Platz auf diesem pompösen Fotowerk einzunehmen.
Zu guter Letzt, hält er mir vor versammelter Mannschaft auch noch eine Standpredigt, dass man als Deutscher schon ganz schön "crazy" sein muss, an diesem Rennen überhaupt teilzunehmen.

*

Geführt durch unseren Skidofahrer und begleitet von einem Rudel streunender Hunde, quälen wir uns die Serpentinen wieder zurück nach oben. Ich habe alle Hände voll zu tun, die fremden Hunde auf Distanz zu halten. Frosty, Dawson und Lines, signalisieren den Herumtreibern mit aufgestellter Rute, dass sie einer Auseinandersetzung nicht aus dem Weg gehen würden. Schweißgebadet und außer Atem erreichen wir endlich nach einer halben Stunde den höchsten Punkt. Der kleine Mann auf dem Skido erwartet uns bereits und hat sich die Zeit mit Tabak kauen vertrieben. Sein breites Grinsen gibt den Blick frei auf seine vielen Zahnlücken. Er sieht lustig aus, wie er so dasitzt. Er deutet in eine schmale Wegabzweigung und ruft mir zu, »one hour, one hour.« Ich schließe daraus, dass ich eine Stunde diesem Weg folgen soll. Ich bedanke mich bei ihm für seine Hilfe und gebe meinen Hunden das Kommando »gee«, rechts in diesen Weg einzubiegen. Zum Abschied frage ich nach seinem Namen, den ich in der Sekunde in der er ihn mir nennt, schon wieder vergessen habe. Sein Name war für mich unmöglich auszusprechen, geschweige denn im Gedächtnis zu behalten.

Der Pfad, dem wir folgen sollen, ist kaum zu erkennen. Knöcheltiefer Schnee lässt keine Wegränder erkennen. Doch mit sicherem Gespür führen Socke und Shari ihr Gespann. Fast zwei Stunden Zeit und dazu auch sehr viel Kraft und Energie hat uns dieser Umweg gekostet. Ich bin erstaunt, wie motiviert meine Freunde noch vor dem Schlitten laufen, und das, obwohl sie seit mehr als 100 Kilometer und ohne größere Pause unterwegs sind. Tatsächlich zweigt dieser Pfad nach knapp einer Stunde auf einen breiten, präparierten Trail ab. In regelmäßigen Abständen stehen wieder Trailmarkierungen am Wegrand. Auf festem Untergrund erhöhen die Hunde das Lauftempo, und wir kommen gut voran. Jetzt erkenne ich auch die Landschaft wieder, die Gegend kommt mir bekannt vor. Der Weg führt uns für viele Kilometer in ein Tal das wir durchqueren, um auf der gegenüberliegenden

Talseite die letzte Steigung unserer Reise zu bewältigen. Auf der anderen Seite dieser Hügelkette müssten wir auf den Alta-River stoßen, der uns geradewegs ans Ziel bringt.

Ich traue meinen Augen nicht, als ich meinen Freund, den Skidofahrer und Fotokünstler vor mir sehe. Den Motorschlitten neben dem Trail im Tiefschnee geparkt, wartet er und winkt mir zu. In dem kleinen Anhänger, den er mitgezogen hat, sitzt seine ganze Familie, seine dicke Frau und die fünf Kinder. Nur Oma und Opa hat er anscheinend Zuhause gelassen und vom Ausflug verschont. Die versammelte Mannschaft winkt, klatscht und jubelt mir zu. Als wir näherkommen ruft er mir zu: »Du bist auf dem richtigen Weg, du bist auf dem richtigen Weg.« Ich denke, mich tritt ein Pferd und kann es kaum fassen. Dieses Schlitzohr spricht Deutsch. Wir haben uns die ganze Zeit mit Händen und Füßen verständigt, und dieser Kerl spricht meine Sprache. Ich muss über mich selbst lachen und winke ihnen freundlich zurück. Als wir an ihnen vorbeifahren, rufe ich dem kleinen Mann zu: »Übrigens, mein Name ist Thomas.«

*

Wenige Minuten später erreichen wir die lange, enge Abfahrt zum Alta River. Wir passieren die Engstelle, an der wir zu Rennbeginn das Problem mit dem defekten Schneemobil hatten. Das Ganze ist sieben Tage her, und die Erinnerung daran ist noch so frisch, als sei es gestern gewesen. Der steile Hohlweg bringt uns direkt auf den Alta-River. Die letzten fünfzehn Kilometer flussabwärts führen uns ins Ziel.
Ich halte das Gespann und ziehe den Hunden die Mäntel aus, um sie für den Zieleinlauf schön zu machen. Ich

rücke ihnen die Zuggeschirre zurecht und nehme ihnen die steif gefrorenen Booties von den Pfoten. Zum letzten Mal auf dieser Strecke verteile ich einen Belohnungshappen. Jeder erhält seinen Lieblingssnack. Shari, die als Leithund ihre Mannschaft souverän angeführt hat, bekommt ein großes Stück Lachs. Socke, die Leithündin für die schwierigen Situationen, wird mit Lamm belohnt. »Sammi, meine kleine Hundeprinzessin, auch du hast eine Belohnung verdient.« »Babe, Dawson, Lines, ich bin richtig stolz auf euch, lasst es euch schmecken.« »Natürlich, Frosty und Nesquik, auf euch kann ich mich immer verlassen, ihr habt alle gute Arbeit geleistet.«

Die letzten Kilometer laufen die Hunde in einem schnellen Trab, die Köpfe siegesgewiss erhoben, und ich muss lachen. So stolz und selbstbewusst habe ich diese Hunde noch nie gesehen. Im Sonnenuntergang streben wir die letzten Kilometer auf die Ziellinie zu.

*

Ich hänge den Gedanken nach. Es ist, als würde ich jede Sekunde dieses Abenteuers noch einmal in Gedanken Revue passieren lassen. Sie aufsaugen und in meinen Sinneszellen speichern. Ich habe Angst, diese Erlebnisse, Eindrücke und Gefühle zu verlieren und zu schnell zu vergessen. Ich beschließe, alles aufzuschreiben, meine Erlebnisse und Gedanken zu Papier zu bringen. Durch diesen Rückblick werde ich mir noch einmal meine Eindrücke ins Gedächtnis rufen und sie werden mir in jeder Situation meines Lebens gegenwärtig sein.

So oft ich diese eisigen Wege auch verflucht habe – diese Traumpiste, der Sonnenuntergang, meine stolzen

Huskies, das Ziel vor Augen, das alles versöhnt mich mit der weißen Welt.
Ich werde wehmütig, weil nun alles vorüber ist. Das Überschreiten der Ziellinie ist für mich nicht nur der erfolgreiche Abschluss eines erlebnisreichen Rennes mit meinen Hunden, sondern steht auch als Synonym für das Erringen eines Sieges gegen die Krankheit, die mir unfairer Weise noch nicht einmal die Gelegenheit gibt sie beim Namen zu nennen.

In den letzten Sonnenstrahlen des Tages laufe ich mit Frosty, Shari, Socke, Babe, Sammi, Nesquik, Lines und Dawson um 16.10 Uhr, nach 1000 zurückgelegten Kilometern, über die Ziellinie in Alta.

Es ist einer der glücklichsten Augenblicke in meinem Leben.

***

Wieder Zuhause

Seit Tagen herrschen in Niederbayern frühlingshafte Temperaturen und haben den letzten Schnee aus der Natur vertrieben. Vereinzelt zeigen sich die ersten Schneeglöckchen und Krokusse, und schon bald werden Wald und Wiesen in saftigem Grün stehen und die warme Zeit des Jahres einleiten. Daheim ist alles so, wie ich es verlassen habe. Es ist alles an seinem Platz. Ich bin wieder Zuhause. Und doch ist es anders. Anders deshalb, weil ich das Leben so kurz nach diesem Abenteuer noch mit ganz anderen Augen sehe. Gelassener, so als würde ich mich selbst von oben, über mir schwebend, selbst betrachten. Ich sehe mich frei von Nationalität und auch nicht einer Interessensgemeinschaft wie Religion oder Politik zugehörig. Ich sehe mich als freier, selbstbestimmter Mensch.

Die letzten Tage vergingen wie im Flug, alles ging viel zu schnell. Noch vor wenigen Tagen mit einem Rudel Hunden in einer unwirklichen Welt aus Eis und Schnee unterwegs, finde ich mich in meiner trauten niederbayerischen Heimat wieder.
Ich werde noch einige Zeit brauchen, um mich einzugewöhnen. So ganz habe ich die vergangenen Wochen noch nicht verdaut, und meine Blessuren werden die Erinnerung noch einige Zeit wach halten. Es ist jedes Mal dasselbe. Nach einer solchen extremen Reise-

Erfahrung kommt man mit dem Vorsatz zurück so manches in seinem Leben zu verändern. Man denkt, das Leben müsse sich verändern, weil man es für kurze Zeit mit anderen Augen und aus einer anderen Perspektive gesehen hat. Und dann die Ernüchterung: man kommt zurück, und nichts hat sich verändert, alles ist beim Alten. Ein riesiger Berg an Post wartet darauf, geöffnet zu werden.

Alleine zur Beantwortung der E-Mails werde ich Tage brauchen. Das Telefon klingelt ununterbrochen - Steuerberater, Geschäftspartner, Freunde. Die letzten Wochen waren so einfach.
Konzentration aufs Wesentliche, während der Zeit der Vorbereitung auf das große Rennen und besonders während der Zeit des Abenteuers "Finnmarkslopet." Wenn doch das übrige Leben auch so einfach wäre. Und nun - alles vorbei, die Werte sind wieder andere.

Das alles ist einfach zu viel, geht viel zu schnell. Die vielen Menschen um mich herum, im Supermarkt, beim Bäcker, auf der Straße. Ich bekomme ein beklemmendes Gefühl, wenn ich mich in einem Raum zusammen mit mehreren Personen befinde und kann nichts dagegen tun. Und die vielen Autos auf den Straßen, wie schnell die fahren und mit welcher Aggressivität. Nein, nichts hat sich verändert, alles ist beim Alten.

Ich kenne dieses Gefühl, das mich nach einer solchen Reise erfasst. Es ist ein tiefes, depressives Loch, in das ich falle. Man sehnt sich eine große Veränderung herbei, und muss ernüchtert feststellen, dass einen der Alltag schneller wieder in Beschlag nimmt, als man glaubt. Eines morgens stehst du auf, und hast dich daran gewöhnt, dass schon beim Frühstück das Telefon klingelt und du auf der Autofahrt ins Geschäft, mitten im hektischen Berufsverkehr weitere drei Telefongespräche führst. Nachmittags dann der längst überfällige Termin beim Steuerberater. Ich hatte noch vor wenigen Wochen gedacht, ich könne dem Alltag ein Schnäppchen schlagen, doch jetzt bin ich schon wieder mitten drin.

Diese Erkenntnis macht mich wütend, denn ich hatte doch so viele gute Vorsätze. Mit dieser Wut im Bauch und dem Ärger über mich selbst, suche ich die Antworten auf meine Fragen bei meinen Hunden. Ich weiß, auch sie finden ihren Hundealltag Zuhause wenig spannend.

Aus dem Ärger über mich selbst wird Melancholie. Wenn ich mich dieser Melancholie nur lange genug hingebe, erwächst daraus eine tiefe Sehnsucht. Eine Sehnsucht, auszubrechen aus diesen festen Regeln und Normen meines "zivilisierten" Lebens. Diese Sehnsucht, die ich mit meinen Hunden teile - die Sehnsucht nach Schnee. Ich fange an zu träumen. So viele Trails gäbe es für meine Hunde und mich zu erleben, in Kanada, in Alaska, im fernen Kamtschatka oder vielleicht in Chile!

Und ich weiß – aus Träumen werden Visionen, und durch grenzenlosen Enthusiasmus und eisernen Willen wird aus einem Wunschtraum irgendwann Realität.

Sammi schleckt mir mit ihrer rauen Zunge übers Gesicht und weckt mich aus meinen Tagträumen.
Fünfundzwanzig Hundeköpfe haben ihren Blick auf mich gerichtet und schauen mich fragend an. Ich blicke in ihre eisblau funkelnden Augen.
Mit dem Hemdsärmel reibe ich mir das Gesicht trocken. »Nur noch wenige Tage, meine Hunde, dann ist es kühl

genug, und wir beginnen wieder mit unseren Trainingsfahrten - versprochen.«

*

Juli 2002

Nur drei Monate ist es her, dass ich beim Finnmarkslopet 2002 mit meinen Hunden über die Ziellinie gelaufen bin. In den kommenden Tagen werde ich dieses Buch mit den Erlebnissen aus dem Vorjahr veröffentlichen. Solange habe ich gebraucht, um die Empfindungen und die Eindrücke aus dieser Zeit zu verarbeiten und auf Papier zu bringen. Auch die Geschichten um unser jüngstes Abenteuer wären es wert, erzählt zu werden. Doch ich befürchte, es würde weitere eineinhalb Jahre dauern, um sie zu formulieren. Somit nur eine kurze Zusammenfassung:

Obwohl in diesem Jahr die Wetterverhältnisse und der Streckenverlauf noch schwieriger waren, haben wir unsere Laufzeit auf die 1000 Kilometer um zehn Stunden verbessert.

Meier, der lebhafte Jungspund, der im Jahr zuvor noch aufgeben musste, ist erwachsen geworden. Diesmal ist er stolz bis ins Ziel gelaufen. Auch wenn er nicht dem typischen Erscheinungsbild eines Huskies entspricht, hat er gezeigt, dass er zu den besten seiner Rasse zählt.
Auch Nickel war diesmal unter den Finishern. Als ältester Hund im Team, hat sie noch einmal bewiesen, dass sie noch lange nicht zum alten Eisen gehört.

Shari und Socke haben ein weiteres Mal ihr Team in souveräner Weise angeführt. Shari kokettiert als Fotomodell für das Buchcover, Socke erwartet in wenigen Tagen ihre ersten Hundebabies. Ich werde mein Versprechen an Christines Töchter wahr machen. Zwei der Welpen werde ich nach ihnen benennen – Ella und Lotte.

Nesquik, Babe, Sammi und Lines, konnten ihre Leistung vom Vorjahr wiederholen und sind bis ins Ziel gelaufen. Cornflake, Smaks und Tracy haben auch diesmal wieder auf den ersten Etappen mitgeholfen, ihr Team in Fahrt zu bringen.

Big Pack konnte leider verletzungsbedingt nicht an den Start gehen. Wenige Tage vor Beginn des Rennens hat er sich beim Herumtollen mit seinen Teamkameraden eine Muskelzerrung zugezogen. Leider ist auch Dawson nicht mehr dabei. Unerwartet verstarb er während unseres Trainingsaufenthaltes im Norden. Dawson liegt in den Bergen Norwegens begraben. Er war ein außergewöhnlicher Hund. Quiny, die Hundedame aus Kanada war Dawsons beste Freundin. Sie läuft nun an seiner Stelle im Team.

Wenn Sie unsere Erlebnisse weiterverfolgen wollen, dann besuchen Sie uns im Internet:

www.hoffmann-kennel.de

Glossar

Alpentrail – großes Mitteldistanzrennen in Europa

Alpirod – Legendäres Mitteldistanzrennen in Europa

Blizzard – Starker Schneesturm

Biwak – Übernachtung im Freien, nur mit Schlafsack

Booties – kleine Hundeschuhe um die Pfoten bei Harsch, Eis oder anderen aggressiven und rauen Schneeverhältnissen vor Verletzungen zu schützen.

Bremsmatte – Zusätzliche Bremse am Schlitten, um die Geschwindigkeit zu kontrollieren oder um abzubremsen. Verwendet wird eine Gummimatte mit Spikes oder Antriebsriemen eines Schneemobils.

Brushbow – Runder Bogen an der Vorderseite des Schlittens, der die Hunde vor Verletzungen schützt, falls der Schlitten auf das Gespann auffahren sollte. Schützt den Schlitten wie eine Stoßstange vor Beschädigung, wenn dieser zum Beispiel an einen Baum gezogen wird.

Bunny Boots – Große, schwere Schuhe aus Gummi, die für extreme Kälte geeignet sind.

Checkpoint – Kontrollstation für die Gespanne auf einem großen Rennen.

Checker - Offizieller Kontrolleur der Organisation. Oft auch als Streckenposten oder Zeitnehmer eingesetzt.

Cooler - Kunststoffbox, in der das Hundefuttergemisch zubereitet wird und über mehrere Stunden warm gehalten werden kann.

Depotsack - Versorgungssack im Checkpoint auf langen Rennen. Beinhaltet Futter und Ausrüstung zur Versorgung von Musher und Hunden während des Rennens.

Dog-Handler, Handler - Der Helfer des Schlittenhundeführers. Er kümmert sich um das Wohlergehen der Hunde und des Mushers. Bei Rennen über lange Distanzen fährt der Handler das Fahrzeug zum nächsten Etappenziel und versorgt die zurückgebliebenen Hunde.

doggy-dress - Hundemantel aus dehnbarem Material, ähnlich dem der Radsportbekleidung. Hält den Hund trocken und warm. Verhindert ein Wundscheuern durch das Zuggeschirr.
Erhältlich unter: hoffmannkennel@t-online.de
Betreff: doggy-dress.

"easy" - Kommando für die Hunde, das Tempo zu verlangsamen.

Finisher - So werden Musher und Hunde bezeichnet, die über die Ziellinie laufen.

Finnmarkslopet - Legendäres Schlittenhunderennen in Norwegen über die Distanz von 1000 Kilometer. Zählt zu den längsten und härtesten Rennen der Welt.

"gee" - Kommando für rechts.

GPS - Satellitennavigationsgerät zur Navigation im Gelände.

"go" - Startkommando für die Hunde.

Handlebar - So wird der Handgriff beim Schlitten bezeichnet, an dem sich der Musher festhält. Durch ziehen und drücken am Handlebar ist der Schlitten auch zu steuern.

"haw" - Kommando für links.

Hundeblanket, Dogblanket - Hundemantel zum Schutz vor extremer Kälte oder Sturm.

Hundetruck - Transportfahrzeug, das mit Schlafboxen ausgestattet ist, um die Hunde sicher zu transportieren. Meist auch mit einem Wohnraum für den Musher.

Iditarod - Legendäres Schlittenhunderennen in Alaska. Zählt zu den längsten und härtesten Rennen der Welt.

Kennel - So wird das Zuhause der Schlittenhunde beim Musher bezeichnet. Wie bei Pferden das Gestüt.

Kennel Helfer - Helfer, die dem Schlittenhundeführer beim Füttern und der Pflege der Hunde zur Hand gehen. Ist der Musher mit seinem Handler auf einem Rennen, versorgen die Kennel-Helfer die Hunde, die Zuhause bleiben.

Kettenbremse - kurze Kettchen oder Seile, die um die Schlittenkufen gewickelt werden, um die Geschwindigkeit zu verringern. Auf eisigen Passagen oder steilen Abfahrten.

Krallenbremse - Fußbremse am Schlitten.

Leithund, Lead-Dog, Leader - Hunde die an der Spitze des Gespanns laufen und alle Kommandos des Mushers ausführen können. Oft der beste Freund des Mushers.

"line out" - Kommando für die Hunde, die Zentralleine gespannt zu halten.

Mukluks - Indianische Lederstiefel.

Musher - Bezeichnung für den Schlittenhundeführer. Die Bezeichnung leitet sich vom französischen "marcher" (= gehen) ab, aus dem die Amerikaner "mush" (sprich "masch") machten.

Mushermeeting - Obligatorische Versammlung aller Schlittenhundeführer vor einem Rennen. Meist werden die Startnummern vergeben, Rennregeln besprochen und die Teilnehmer erhalten Informationen über die Streckenbeschaffenheit.

Neckline - Leine, die den Husky am Halsband mit der Zentralleine verbindet.

Panikschnapper - Ein Karabiner, der sich mit einem Handgriff öffnen lässt.

Pedalen - Eine Bewegung wie beim Tretroller fahren. Mit einem Bein steht der Schlittenhundeführer auf einer Kufe, während er mit dem anderen Bein kräftig anschiebt (pedalt).

Prolog - Auftakt eines großen Rennens mit Startspektakel für die Zuschauer, Presse und Sponsoren.

Quadrunner – Vierrädriges Motorrad mit breiten Ballonreifen. Dient als Trainingsfahrzeug im Herbst und bei Schneemangel.

Rookie – So wird ein Musher bezeichnet, der dieses Rennen noch nie gelaufen ist.

Swing Dogs – So werden die Hunde bezeichnet die hinter den Leithunden laufen.

Schlittensack – Im Schlittensack wird das Überlebensgepäck verstaut. Er muss genügend Platz haben, um erschöpfte oder verletzte Hunde sicher in einen Checkpoint zu transportieren.

Schneeanker – Eine Metallkralle, die wie ein Anker in den Schnee gerammt wird, um das Gespann anzuhalten und zu sichern.

Snacken – Verfüttern kleiner Futterportionen, zur Belohnung, zur Energiezufuhr und als Motivation.

Stake-out – Fahrerlager eines Schlittenhunderennens. So wird aber auch die Stahlkette zum Anbinden der Hunde im Freien bezeichnet. Von einer dickeren Zentralkette gehen in regelmäßigen Abständen kurze Anbindleinen weg.

Team Dogs – So werden alle anderen Hunde im Team bezeichnet, außer Leader, Swing dogs und Wheeler.

Trail – Der Weg (Pfad, Strecke) auf der das Schlittenhundegespann läuft.

"Trail" - unter Mushern ein übliches Kommando. Ruft man dem Schlittenhundführer zu, dessen Team man überholen möchte.

Trailmarker - Wegmarkierung (Stangen, Reflektoren, Bänder, Schilder)

Tugline - Leine, die am Zuggeschirr des Hundes eingehängt wird und die Zugkraft der Hunde auf die Zentralleine überträgt.

Wheel Dogs - So werden die Hunde bezeichnet, die direkt vor dem Schlitten laufen. Es sind meist die größten und kräftigsten Hunde eines Gespanns.

"whoa" - Kommando für Anhalten. Gesprochen "Hua".

wind-chill - Gesteigertes Kälteempfinden durch Wind.

Yukon Quest - Legendäres Schlittenhunderennen in Kanada. Zählt zu den längsten und härtesten Schlittenhunderennen der Welt.

Zentralleine - Zentrale Zugleine, an der der Schlitten festgemacht ist. Links und rechts der Zentralleine sind die Hunde an Neckline und Tugline eingespannt.

Danksagungen

Ich bedanke mich bei folgenden Personen und Firmen für die Unterstützung in den vergangenen Jahren.

Franz Pfaffinger – der meine Hunde seit vielen Jahren mit erstklassiger Hundenahrung beliefert.

Tiernahrungsherstellung und Vertrieb
Franz Pfaffinger
Eglseer Straße 16
D 94099 Ruhstorf

Bernd Weschle – durch seine innovative Schlittenbautechnik, war das sichere Erleben dieses Abenteuers erst möglich.

BEWE – Schlittenhunde – Ausrüstungen
Bernd Weschle
Ziegelweg 1
D 78166 Wolterdingen
www.bewe-sleds.de

Vaude Sport – die mich von Kopf bis Fuß eingekleidet haben und mir damit ermöglichten, den extremen Wetterbedingungen zu trotzen.

Vaude Sport
Vaude Str. 2
D 88069 Tettnang
www.vaude.de

Eva Wochinger, Altötting – für die Behandlung und Betreuung meiner Hunde in den letzten Jahren.

Dr. Dagmar Kriegler – für ihre große Hilfsbereitschaft und ihr offenes Ohr in allen Fragen.

Verbandstierärztin des Deutschen Schlittenhundesport Verbandes
Dr. Dagmar Kriegler
Wiesenburg

Mein ganz persönlicher Dank gilt:

Nelly und Willi – bei denen ich, in der kleinen Hütte am Fjord, die Ruhe fand an meinem Manuskript zu diesem Buch zu arbeiten.

Carolin Bauer – die sich großartig um die Hunde gekümmert hat, die Zuhause bleiben mussten.

Jacek Kurzetkowski – der nicht nur als Grafik-Designer brilliert, sondern auch das Gespür und Fingerspitzengefühl eines Künstlers besitzt.

Gisela Schachtner – die Worte zum Leben erweckt und mit ihrer Sprache verzaubert.

Karin Schmerold – die mit ihrer Muse und Phantasie, mit Hingabe, unendlicher Geduld und – einer ihrer Körpergröße überragenden Energie, dieses Buch erst entstehen ließ.

Vielen Dank an die Organisatoren, Helfer und Sponsoren, des Finnmarkslopet die jedes Jahr aufs Neue, einer Hand voll Mushern die Möglichkeit geben, an diesem Abenteuer teilzunehmen.

Besonders den Checkpoint-Helfern, die geduldig auf das "Team Hoffmann" gewartet haben und mich ermutigt haben, weiterzumachen.